趣读成语系列丛书

读成语 学中医 ①

培 松/著
南 窗/绘

河南大学出版社
·郑州·

图书在版编目（CIP）数据

读成语　学中医 .1/培松著；南窗绘 . — 郑州：河南大学出版社，2020.4

（趣读成语系列丛书）

ISBN 978-7-5649-4208-3

Ⅰ.①读… Ⅱ.①培…②南… Ⅲ.①汉语—成语—故事—通俗读物②中医学—普及读物 Ⅳ.① H136.31-49 ② R2-49

中国版本图书馆 CIP 数据核字（2020）第 052521 号

责任编辑	仝一帆　王丽芳
责任校对	薛巧玲
封面设计	翟淼淼

出版发行　河南大学出版社

　　　　　地址：郑州市郑东新区商务外环中华大厦2401号　　邮编：450046

　　　　　电话：0371-86059752（自然科学与外语部）

　　　　　　　　0371-86059701（营销部）

　　　　　网址：hupress.henu.edu.cn

排　版	河南大学出版社设计排版部			
印　刷	河南瑞之光印刷股份有限公司			
版　次	2020年5月第1版		印　次	2020年5月第1次印刷
开　本	710 mm×1010 mm　1/16		印　张	10.75
字　数	100千字		定　价	38.00元

本书如有印装质量问题，请与河南大学出版社营销部联系调换。

序：两把金钥匙

成语，众人皆说，成之于语，故成语。成语是比诗词更凝练的汉语言词组，内有乾坤，包罗万象，寥寥数字，道尽百转千回的情感，呈现斑驳陆离的风雅，钩沉风云激荡的历史，展现力挽狂澜的力量……

汉语是世界上内涵最丰富的语言之一，是蔚为壮观的文化、文明"活化石"，成语，就是汉语言文字中尤为闪亮的那颗珍珠，是上下五千年中华民族的历史、风俗、人情和智慧的结晶，是前人生活的积累和思辨的闪烁，是最能体现民族特色的词汇，是打开汉语言文化宝库和华夏文明博物馆的一把金钥匙。

从形式上看，成语有三个字的，有五到十六个字的，较为常见的为四字成语。几乎每个成语都有故事，有历史，有悲欢，有爱恨，都蕴藏着无比丰富的思想。或生动活泼，或让你眼前一亮，或令人莞尔。

不了解成语，不会准确运用成语，就很难真正感受汉语言文化的强大和魅力，也学不精语文，乃至其他。

得成语者得语文，得语文者得先机。熟练掌握大量成语，必将为您的学习和工作带来加持，带来"气自华"的提升。

《读成语 学中医 1》一书以成语为切入点，通过成语讲中医，通过中医讲故事，通过故事讲文化，通过文化讲历史，通过历史讲兴替。本书从成语典故与中医的渊源关系上，遴选了一批故事性强又有哲理和启发意义的成语，解读成语背后的中医故事，讲述中医的发展和兴衰，讲解中医对历史的贡献和未来的方向等。

习近平总书记指出，中医药学凝聚着深邃的哲学智慧和中华民族几千年的健康养生理念及实践经验，是中国古代科学的瑰宝，也是打开中华文明宝库的钥匙。深入研究和科学总结中医药学对丰富世界医学事业、推进生命科学研究具有积极意义。

从《内经》时代中医理论体系的创立到明清时期温病学说的成熟，中医学经过 2000 多年的发展，到 19 世纪末期，发展步伐明显减慢。尤其是晚清后，风雨交加，城头变幻大王旗，作为带有传统文化烙印的中医成了封建余孽被打倒在地。20 世纪初，很多人，包括新文化运动的不少领袖没能对中国文化厘清良莠，没有进行冷静清醒的思考，对传统文化"一棍子打死"的做法导致民族虚无主义和全盘西化思想的泛滥。中国传统文化被简单等同于封建文化、落后文化，糟粕被夸大，精髓被遗忘，中医也不可避免地跟着躺枪。

一时间，废中医的言论甚嚣尘上："旧医一日不除，民众思想一日不变，新医事业一日不能向上，卫生行政一日不能进展。"这种民族虚无主义论调后来成为民国时期消灭中医的思想基础，直接导致了1929年2月国民党政府《废止旧医以扫除医事卫生之障碍案》的出炉。今天，尽管无人重谈"消灭中医"的老调，但对中医的怀疑、排斥仍屡见不鲜，包括一些部门对中医削足适履的失当管理，都给中医事业的发展带来了很大的障碍和挑战。

科技文化的发展，总是伴随着一个国家社会经济的发展而律动，古今中外，莫不如此。今天，随着中华民族的再次崛起，华夏文明和优秀传统文化必将重回世界文明之巅。那些认为中医落后，主张消灭中医的可以休矣。

日前，随着英国新冠肺炎确诊人数增加，伦敦中国城里的中药铺的电话变成了"热线"，相关中药销量猛增。其他国家和地区，也是如此。中医药的走红代表着中华文化的自信，逆势突围之后，人们必将对中医有新的认知。

"沉舟侧畔千帆过，病树前头万木春。"中医学仍将以中国优秀传统文化为基石，以中医基础理论为发展核心，以现代疾病谱系的变化为发展导向，以现代科技知识为发展手段，将临床疗效作为发展目的，在自我完善中不断创新发展，中医学必将再次获得新生。

其实，医，本不分"东"和"西"，而是传统医学和现代医学之别，随着时代和技术的发展，二者会彼此取长补短，走向优化、融合。到那时，无问西东，只计安康。

寒冬已经过去，春天已经到来，一切都是新的。

是为序。

目录

不为良相，则为良医　　001

以毒攻毒　　009

病从口入　　017

祸从天降　　025

清茶淡饭　　033

知母贝母　　041

仁心仁术　　049

积劳成疾　　057

江湖医生　　067

久病成医　　077

对症下药　　085

悬壶济世　　093

吐故纳新	101
瘟头瘟脑	109
贫病交加	117
高山流水	125
风声鹤唳	133
返老还童	143
不龟手药	153
安内攘外	161
爱,是最好的良药	169

不为良相,则为良医

提要: 曾经,"医"与"士"在仁人志士的心头是排前两位的职业选择,以至于有了"不为良相,则为良医""上医医国"等成语传世。

中国古代医学并不发达,据说在夏商时代就有了医术,那年头可不时兴挂吊瓶,那时候的医术基本上就是巫蛊之术。嗯,也就是大夫由巫师兼职,巫师行医时往往先跳一曲动作很夸张的舞蹈,并假借上天或神灵的名

义云云,然后施以魔法,基本上算是开药方,至于患者能否康复,那只能是阿弥陀佛了,哦,不,确切地说,那时候还没有佛祖,他还帮不上忙。

后来到了春秋战国时期,出现了扁鹊这样特别牛的医生(好像扁鹊的存在还有争议),行走列国,帮不少君王治好了病,才慢慢与那些跳大神的分道扬镳,并有了"士"的社会地位。从那时候开始,"医"与"士"在一些有志于报国平天下的仁人志士心头,成了排在前两位的职业选择,以至于有了"不为良相,则为良医""上医医国"等成语传世。不过大家发现没,"良相""医国"

还是排在第一位，由此可见，考公务员，在那个时代也是妥妥的第一选择。不过，我们宁可相信，那个时代的士更"士"。

谈中医，有一个人是无论如何绕不开的，他就是大名鼎鼎的扁鹊同志，他不但以超凡的医术彪炳史册，还亲自为我们贡献了好几个成语，而且直到今天，扁鹊和由他衍生的成语还时常出现在我们的学习和生活中，这让我们不得不对他顶礼膜拜、肃然起敬。做人如斯，夫复何求？

包括了不起的司马迁同志，也郑重其事地将扁鹊的逸事收入了《史记》，篇名为《扁鹊仓公列传》。文中，除了浓墨重彩地记述这位大名叫秦越人的扁鹊（他有时候在齐国行医，有时候在赵国行医，在赵国行医时名叫扁鹊）的诸多故事外，司马迁还记载了另一位名医淳于意，这是一位在膏药界造诣很深的大咖，不知道他算不算膏药行的祖师爷。

上过学的好像都知道秦始皇焚书坑儒这件糟糕透顶的事儿，就连秦始皇这么暴躁的领导，在发昏烧书的时候还是网开一面留下了两类书没有烧，一类是农书，另一类就是医书，可见他也认为医学是有用的，烧不得。不然的话，大疫大疾来袭，大家都得"挂"，病毒可不管你是三公六卿还是贩夫走卒。而且，越是皇帝越恋生，尤其喜服仙丹，要是没有了道士（那时候的医生）的药方，上哪儿长生久视、羽化成仙呢。

所以说，远古时代的巫师也好，春秋战国时期的扁鹊也好，乃至西汉初的仓公淳于意也好，他们都曾度过了属于自己职业生涯的高光时代，社会地位那是相当的高，其病号动辄是一国之君啥的。扁鹊大夫就曾因给齐桓公看病而名垂千古，这个经典病历也被传为千古佳话。关于他的诸多很雷很有料的故事，以及跟他有关的成语，读者朋友在后面还能读到。

时代总是在不停变化的，尤其是最上头的领导观念和思路一旦产生了变化，那可不得了，所谓"上有所好，下必甚焉"，领导的好恶就是指挥棒啊，楚王爱细腰，宫中多饿死。这不，到了西汉中期，汉武帝"罢黜百家，独尊儒术"，医术被视为方术技艺之类，这都是被儒家鄙视的，由此开始，医生的地位一落千丈。

东汉时期的张仲景家族有二百余人，不到十年就死了三分之一，他为了拯救家族立志行医，终有大成，被后世赞为"医圣"，可从"天之意在万世，不在一时也。仲景之后，名贤辈出，类皆不得志于时，闭门著书，以为传道之计"（《伤寒论》）可知，彼时的张医圣和他

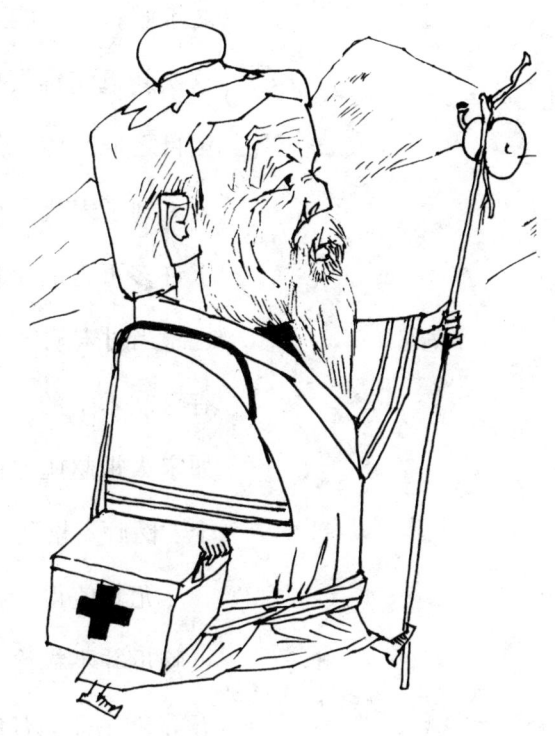

的同事们，并不是特别风光的一族。甚至连后来三国时期的"神医"华佗都"本作士人，以医见业，意常自悔"。

到了唐代，对医生的鄙视就更甚了，如果你原本是读书人又转行行医那就会更让人瞧不起。唐宋八大家之首的韩愈就说过："巫医乐师百工之人，君子不耻。"宋代的朱熹就为唐代"药王"孙思邈叹息："思邈为唐名进士，因知医贬为技流，惜哉！"我们今人不能怪韩愈、朱熹这些旧朝老同志食古不化，观念落伍，直到今天，医患关系紧张，不也出现不少视医生职业为险途的齿寒之事吗，这不能不说是件令人特别悲哀的事儿。2020年这次新冠病毒大疫来袭，最美逆行的白衣天使让人们在泪目之余，又一次明白他们才是生命健康的守护神。

到了宋代，社会经济空前发展，人们的观念也发生了许多可喜的变化，出现了很多学医的读书人。估计这也跟当时宋朝皇帝多专业出身有关吧，一众皆比较宽和，有喜欢木工的，有喜欢书画的，也有对医学感兴趣的，如宋太祖赵匡胤就练得一手针灸的绝活，放到现在，混个"医师资格证"，so easy（太简单了）！

尤其值得一提的是元代，虽然统治者是马背民族，可脑瓜并不糊涂。元代将职业分为十等，医生被列为第五等，并且享有免遭屠戮的优待，这真是让当时的广大医务工作者扬眉吐气。而当时儒士才被列为第九等，这就让人"呵呵"了。

明清中期，资本主义萌芽兴盛，尤其东南沿海一带，经济更加活跃，人们的思想也逐渐开明，医术也逐渐得到更好更快的发展，涌现了不少名医和医学巨著。当时社会上有些医生本来就是读书人，也有的屡次科举不第或者自己和家人有病，迫不得已才当医生。比如著名的中医大师李时珍小时候就"幼苦羸疾""三试于乡，不售"，才下定决心行医，并向父亲表示"终不悔"。中国科举史上少了一个进士，民间却多了一位在世华佗，幸莫大焉。

但整体上，医者的社会地位还是很低的，根本没法子跟那些混科场的士子相提并论。清代名医薛雪，其孙子给他题墓志铭居然"无一字提医"。还有一位"杏林大牛"叶天士也曾反复告诫子孙"非万不得已，千万别行医"。只有清代的袁枚等少数知识分子认为医生所从事的职业如神农尝百草那样神圣，乃至到了清末民国时

期，我们所敬仰的鲁迅先生，曾早年学医，后来脱下白大褂，拿起了笔作为匕首，刺向万病丛生的旧世界。他曾说了一句振聋发聩的话：学医救不了中国人！可见，社会上的病，远比人身上的病，更难治。

以毒攻毒

提要： 成语"以毒攻毒"揭示了人类免疫思想的由来，也体现了中医的辨证思维，是中医贡献给人类的一大智慧，那就是相生相克。

成语以毒攻毒，本是医学用语，指用有毒的药物来治疗因毒而起的疾病，后被广泛应用于职场和生活，即利用某一种有坏处的事物来抵制另一种有坏处的事物。这则成语揭示了人类免疫思想的由来，也体现了中医的

辨证思维，是中医贡献给人类的一大智慧，那就是相生相克。

我国最古老的医学著作《黄帝内经》就提到，治病要用"毒药"，药没有"毒"性就治不了病。这说明我们的祖先早就悟出来了以毒攻毒的道理。药学专著《神农本草经》所记载的有毒性的药物就不下百种，有趣的是，我国最早把这种免疫思想付诸实践的是东晋那位爱炼仙丹的道长葛洪。道士给大家的印象好像多是守着个冒烟的铁炉子炼仙丹的场景，其服务客户主要是皇帝贵胄。可在这里阿松（笔者，下同）不得不说的是，道士们虽然坑过不少皇帝，让不少皇帝服了自己捣鼓的铅丸后寿命有效缩短，却也真的为中医的发展作出过不少贡献，相传火药也是由道士发明的。近几年来，春节禁放鞭炮，就有人拿这说事儿，要为火药正名，说燃放鞭炮能杀死空气中的病毒，尤其是春节前后，病菌瘟疫尤盛，这个时候多燃放爆竹能辟邪降瘟。真是无稽之谈！小的时候过春节，老爸爱写的一副对联就是：爆竹一声除旧岁，桃符万户换新春。

接着说正事儿，话说有一天一位农民朋友急匆匆地来到葛洪的家，焦急地对他说："老伙计，不好了，我的儿子被疯狗咬伤了，你赶快想个法子，救救他。"葛洪听了这话，也很焦急。因为他知道，人若是被疯狗咬伤，那是相当棘手的，十有八九会发病死亡。葛洪苦思冥想药方，但很遗憾没有。正一筹莫展之际，忽然，他有了主意：先人不是提倡用"以毒攻毒"的疗法治病吗，为什么不能用疯狗身上的毒物来治这种病呢？想到这儿，他便对老农说："现在也没别的什么好办法。不过，试试用疯狗的脑髓涂在你儿子的伤口上，以毒攻毒，或许能让他脱离危险……不过，咱可先说好了，如有不测，你可别讹我。"老农回到家后，如法行事，结果用北京人的话来说，就是："嗨，还就奇了您哪，好了！"自那以后，葛洪又用这种方法给许多被疯狗咬伤的人治过

病，效果都挺不错。

边试边治，历史的大车轮行至1885年，当人们把一个被疯狗咬伤的小男孩送到法国微生物学家路易斯·巴斯德那里请求抢救时，巴斯德给这个孩子注射了他研制的含有狂犬病原体的延髓提取液，开始用的毒性减到很低，然后再逐渐用毒性较强的提取液注射。结果，幸运之神除了眷顾我们的葛洪道长，还垂青了西半球的巴斯德，孩子得救了。巴斯德的工作方法当然比较科学，但是比我们的葛洪同志晚了1000多年。

《素问·汤液醪醴论篇》中说："必齐毒药攻其中。"历览华夏医疗史，以毒攻毒的疗法屡见不鲜。柳宗元在《捕蛇者说》一文中就载有"腊之以为饵，可以已大风、挛踠、瘘、疠，去死肌，杀三虫"，是对永州毒蛇治疗多种疾病功能的记载。《淮南子·修务训》记载了古人用乌头、附子等毒性药物救活濒死者的实例。我国民间流传的以毒攻毒的方药也不少，如砒霜治疗梅毒，水银和硫黄治疗疥疮，川楝子驱虫，全蝎和蜈蚣治疗破伤风，断肠草灰治疗肝硬化腹水等，有的至今仍在临床上使用。

特别值得一提的是，公元10世纪，我国首创预防天花的"人痘接种法"，也是一种以毒攻毒的方法，成为近代免疫法的鼻祖。相传11世纪初宋真宗时，宰相王旦就曾经从峨眉山请人来给自己的孩子种痘。其方法是相当原始的。那时人们发现,每次天花流行之后,幸存下来的患者,几乎终生都不再害怕天花的传染了。所以当时的人痘接种方法是将轻度天花患者身上的疮痂碾成粉末,吹进健康人的鼻孔,这样被接种者的身上会出现一点点轻微的天花症状,这种以毒攻毒法,使人获得了抵御天花传染的能力。

人痘接种法在当时威望相当高,到了17世纪纷纷传到国外。据清代俞正燮的《癸巳存稿》记载,康熙时沙俄曾遣人到中国学痘医。此后又经过了近200年,英国人琴纳(也有译名詹纳)才在此基础上发明了种牛痘的方法。这位乡村医生在研究天花病的进程中,意外发现牧场上的女工都长得很漂亮,很少有麻脸。于是,他着力探索其中的奥秘。原来牧场上的牛也患有类似人的天花病,这就是牛痘。牧工们在挤奶时常常划破手上的皮肤,于是都感染过牛痘。每当天花流行时,牧工们毫不惧怕,因为没有人会受到天花病魔的袭击,她们甚至主动要求去照顾患天花的人。琴纳由此产生了一个大胆的设想:将轻微的牛痘接种到人身上就可以使人免除天花。经过近30年的探索,1796年琴纳第一次在一个8岁男孩身上进行了牛痘的接种试验,获得成功。

随后，乡村医生琴纳再接再厉，如法炮制，又接连在几位病人身上试验，疗效都挺不错。接下来，琴纳开始两手抓，一手抓临床试验，一手抓经验总结，并写成了一篇篇论文，最后结集成书《种牛痘的原因与效果的探讨》。当他揣着自己的科研成果兴冲冲地叩开英国皇家学会的门时，却遭到了英国皇家学会傲慢的拒绝和鄙视：切，一个毛手毛脚的乡下赤脚医生，竟敢大言不惭……（此处省略上百字）小伙子琴纳虽然被嘲弄一番，却并没有气馁，而是继续用自己发明的方法为病人治病，并且随着医治好的病人越来越多，他的名声越来越大。经过许多周折后，他发明的牛痘接种法终于得到公认。为此，英国国会还奖给他3万英镑奖金。

琴纳同志工作是踏实的，作风是优良的，态度是端正的，不像有些同志，成天投机取巧，钻营取利，眼里只有名利，忘记了医者仁心。比如大疫来袭，撂下病人，只顾着忙活自己的论文去了，这种有违医德、缺乏职业操守、追求迷失的"医者"为人所不齿。纸上的论文再漂亮，都不如把病历写好，都不如把功夫用在患者的病痛上。再好的论文都不如患者的口碑。

随着医学科学的不断发展，在"以毒攻毒"的科学思维指导下，一批批新的医学成果不断涌现。近年来，

用免疫法避孕也有了可喜的进展，为国内外医学界所关注，很可能成为今后较为理想的避孕方法。这对那家以文案声名大噪的杜蕾斯公司来说称不上什么好消息，但对小青年老青年们来说却不啻为福音。

苏联有位医学家灵光一闪，尝试用一种致癌物质和癌病毒注射到动物皮下，竟能抑制动物体内癌肿的生长，来了个以"癌"攻癌。只是，这个探索，直到苏联解体，也没能取得大的突破，要不，现在的人们也不用谈"癌"色变了。医学的发展，道阻且长。

病从口入

提要： 吃是人的头等大事，尤其于国人而言，数不尽的美食更是太多人的平生最爱。但病从口入，我们不能一饱口福接着再大吐苦水乃至把小命交待了。

民以食为天，吃是人的头等大事，尤其于国人而言，数不尽的美食更是太多人的平生最爱。但病从口入，我们不能一饱口福接着再大吐苦水乃至把小命交待了。尤其现在的都市快节奏生活，让越来越多的人把健康毁在了嘴上，暴食暴饮，偏爱垃圾食品，乃至贪恋野味等，多少人年纪轻轻就身染沉疴，疾病缠身，让人扼腕叹息。抛开那些缺乏自律、暴食无度或偏爱垃圾食品的人不说，今天阿松想多聊聊那些偷吃野味的危险分子,因为,他们的偷吃,不仅仅危害他们自身,还极有可能将恶果祸及别人。

古书中,不少食谱都载有食野味的烹饪方法,与此同时,关于吃了野味猝发重病的记载也不绝于目。在我国,吃野味的偏好有着庞大的民间基础,有的贪图美味,有的迷信能滋阴壮阳,有的纯属好奇显摆。他们欲壑难填,吃绝了国内的野味,又把手伸向国外,有的还顺带给国人"赚"来了坏名声。

其实,古代人因为吃了野味而深染疾病乃至暴亡的多了去了,只不过拘于条件没有全部被收录在册并传下来。后来,随着现代医学的确立和完善,人们才意识到乱吃或接触野生动物与瘟疫存在因果关系。

谈起甲肝,估计老上海人都不陌生,20世纪80年代,因为嗜食,那一年,上海甲肝大流行。据载,当时超过30万人感染,死亡31人,是一次罕见的特大食物型甲肝暴发流行,而这场混乱的源头,是上海人当时特别欢喜的一道美食:毛蚶。经此一疫,上海人餐桌上少了一道美味,但他们因乱吃东西大吃苦头的教训却绝非个例。

野味营养价值并不高,口感大都不敢恭维,更重要的是野生动物身上,携带着太多的病毒。其中最让人匪夷所思的大概就是蝙蝠了，这种黑黑的东西只是因为名字谐音"福"，竟成了某些人的美食靓羹，被美其名曰"福羹"。据调查，广东的广州、高州等地都有人售卖蝙蝠，而在 60 岁以上的被调查者中，超过一半的人都认为通过吃野生动物能增加营养滋补身体。

其实，蝙蝠可谓名副其实的死神，它是大自然的活体病毒库。迄今为止，已在蝙蝠体内分离出 80 多种病毒，其中一些是多种重大人兽共患疾病的传染源。莫说吃蝙蝠，很多时候人们都没见到蝙蝠，就被蝙蝠传染了。因为蝙蝠通过其他动物间接给人类传染疾病，这样的人间悲剧曾上演了一次又一次。

1994 年，澳大利亚亨德拉镇一个赛马场暴发了毒病，导致 14 匹赛马和 1 人死亡。起初，大家都认为马是病毒的宿主，后来才发现，狐蝠才是元凶，我们将该病毒命名为亨德拉病毒。经过检测，昆士兰将近一半的狐蝠亨德拉病毒呈阳性，至于马，只是吃到沾染狐蝠尿液的野草而被感染了。过了几年，同样在澳大利亚，同样是狐蝠的杰作，又通过猪将梅南高病毒感染给人。在马来西亚，同样是通过猪，狐蝠把尼巴病毒传染给了人类，造成脑炎暴发，感染了 276 人，其中有 105 人死亡。

除了蝙蝠，果子狸在传播病毒祸害人类方面也是被

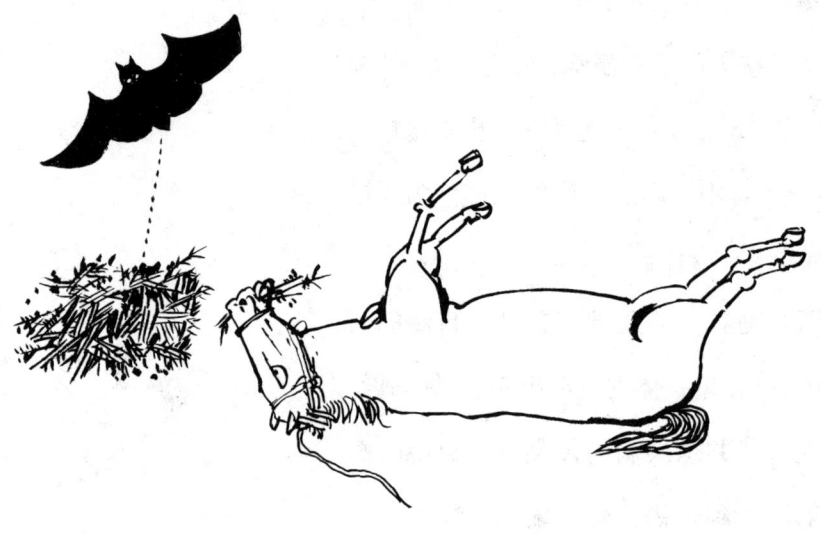

记录在册的,作为冠状病毒的主要携带者之一,果子狸也曾被发现携带狂犬病病毒、H5N1亚型禽流感病毒,尤其是严重急性呼吸综合征(由冠状病毒引起)。2011年,贵州有人在林场拾荒时遇到果子狸,在捕杀它的过程中自己不慎被抓伤,结果一个多月后身体出现不适,送医后竟然被诊断为狂犬病,最终抢救无效死亡。一次接触,就被索命,那以捕杀、运输、烹饪野生动物为业的人呢?

在SARS暴发的2003年,其在世界范围内的第一个超级传播者,就是一名水产商人。在其发病之后,只用了两天,就感染了广州一家医院30名工作人员。到了第二家医院,又感染了23名医生和护士,18名病人及其家属,甚至在转去第二家医院的救护车上,短短的时间里他还感染了2名医生、2名护士和1名救护车司机。

说到底,有一种东西,它比病毒更可怕,就是它,才让人铤而走险,偷猎贩卖野生动物,它就是贪婪。其实,很多人是揣着明白装糊涂,他们明知这样做所带来的风险,而且这种风险不仅仅是卫生健康方面的,还有法律方面的,可是为了渔利,他们哪还有什么良知和底线。阿松想起小时候读过的顾城的《一代人》,里面有一句诗印象特别深,阿松想改改送给他们:黑夜给了他们一双眼睛,他们制造了罪恶,而不是用来寻找光明。

藏羚羊是青藏高原特有的物种，优雅，矫健，雄性成年藏羚羊尤其漂亮，头上长达五十多厘米的双角像两根骄傲的生命旗杆，让人爱怜。但在一双双盗猎者贪婪的瞳仁中，它们仅仅是跳跃的 Money（钞票）。除了食肉外，藏羚羊身上还有一种稀有的珍品，是西方奢侈品市场上的"沙图什"披肩的原料。对，就是藏羚羊身上一种细密柔软的毛，其纤维直径仅 10 微米左右，只有用藏羚羊身上的毛织的披肩才能称为"指环披肩"——精细得能从一枚指环中间穿过。编织一块"沙图什"披肩大概需要 3 只藏羚羊的羊绒，而盗猎者获得的方式就是杀死它们。在盗猎者此起彼伏的枪声下，20 世纪 90 年代中期，藏羚羊这一生长在地球最高处的古老的精灵，一度处于被灭绝的边缘。倒在盗猎者罪恶枪下的还有它们的守护神，其中特别有名的一位勇士就是杰桑·索南达杰，一位反偷猎者。后来，大导演陆川曾将他的故事拍成了一部电影，相信不少朋友都看过，那就是《可可西里》。

值得欣慰的是在各方的关注、努力下，美丽的藏羚羊的故事的结尾还算是美丽的，在 2015 年，环境保护部与中国科学院联合发布《中国生物多样性红色名录——脊椎动物卷》评估报告，将藏羚羊从受威胁物种名单中剔除。第二年，世界自然保护联盟也以此为主要依据，在最新版的《世界自然保护联盟濒危物种红色名录》中将藏羚羊的品位程度由"濒危"降为"近危"。

可是，像藏羚羊一样幸运的动物又有多少呢？实际上，藏羚羊迁徙是我国境内仅存的野生蹄类陆地大迁徙。藏羚羊生在人迹罕至的世界屋脊尚难躲贪婪者的黑枪，那些生在内地的物种就甭提了，白鳍豚、穿山甲、刀鱼……佛家讲究因果，自然界讲究平衡，野生动物灭绝会造成生物链失衡进而造成生物灾难，以至于危害生态环境，其危害之甚之烈，近年来大家都有目共睹了。

所以，对于那些利欲熏心的野生动物盗猎者、贩卖者、饕餮者，我们不能仅仅对其大声说 No, 更要予以迎头痛击，报以猛掌，将他们绳之以法，给他们贪吃的嘴巴装上拉链。地球，是大家的家，不仅仅属于人类，如果我们自负或自私地随意对它们举起枪或将其赶出家园，我们得到的一定是失去，甚至是毁灭性的失去。2003 年的非典，今年的新冠病毒，不都是警告吗？

祸从天降

提要：祸从天降，典出《旧唐书·刘瞻传》，一场医疗事故让刘瞻很"受伤"。发展开来，不胜枚举的医闹事件形形色色。痛心之余，阿松想说：医患相争，没有赢家，理解万岁。

祸从天降，与飞来横祸、祸出不测、无妄之灾等近义，比喻意外的灾祸突然发生，典故出自《旧唐书·刘瞻传》，记录的本是一次医疗事故：唐懿宗的爱女同昌公主因病医治无效死亡，唐懿宗迁怒于医官，以"用药无效"的

罪名将韩宗劭、康仲殷及两家族三百多人全部投入监狱，一时舆论哗然，天下侧目。时任宰相兼户部侍郎刘瞻仗义执言，上书劝谏，认为他们已经尽力，这是祸从天降，不应惩罚没有犯罪的人。怎奈，胳膊拧不过大腿，不讲理的唐懿宗遂将刘瞻也捎上，将其贬为康州刺史。

可以说，这是一次典型的医闹事件，并且，这类本不应该发生的悲剧无论是今天还是历史上都不胜枚举，实在是让人痛心，也深深伤害了医者的仁心，这种人性的丑恶和蛮横真该下猛药才能治好，这样的病人，脑子里的病比身上的病更严重，更可怕。医患相争，没有赢家，患者更受伤，不管再位高权重，财大气粗，都不该以自己的狭隘自负去挑战别人的专业，拿自己的健康和生命开玩笑。

有史以来，比较早也比较有名的一次医患紧张事件恐怕就是扁鹊和蔡桓公的故事了，故事的结尾，扁鹊以自己的智慧躲过飞来横祸，而那个蛮横自负的蔡桓公则付出了生命的代价，还被写进教材，"成功"做了一个医闹的反面典型。这篇课文，就是《扁鹊见蔡桓公》。

第一次出诊，扁鹊就为蔡桓公号准了脉："君有疾在腠理，不治将恐深。"然而桓侯根本不信："寡人无疾。"甚至还嘲讽扁鹊："医之好治不病以为功！"意思就是

医生喜欢治疗没有发作的疾病来当作自己医术的功效,这句蠢话代表了很多自以为是的患者的心思,直到今天。10天后,扁鹊复诊:"君之病在肌肤,不治将益深。"桓侯仍不信,并且更不爽。又10日,扁鹊再诊:"君之病在肠胃,不治将益深。"桓侯复不应且不悦,碍于扁鹊神医盛名没再多说刻薄的话。再10日,扁鹊远远瞅见桓侯绕道就走。桓侯好奇了,呵呵,咋不来忽悠了咧,故使人问之,扁鹊说:"疾在腠理,汤熨之所及也;在肌肤,针石之所及也;在肠胃,火齐之所及也;在骨髓,司命之所属,无奈何也。今在骨髓,臣是以无请也。"意思很明确,蔡总麻烦大了,恐有不测。果然,5日后,"桓侯体痛,使人索扁鹊",不过,扁鹊不但医术高明,智商也不低,料有不测,脚底抹油,"已逃秦矣"。结果,大家都知道了，"桓侯遂死"。

蔡桓公的教训可谓深刻，也警醒了很多人，但是，还是有太多不明事理的家伙在这个问题上拎不清，上演了一出又一出的医闹闹剧，不但自己付出了惨痛的代价，还给医者造成了无以弥补的伤害。大名鼎鼎的曹操也干过这种事儿，同样大名鼎鼎的华佗就折在他手上。

曹操长期患有头痛的慢性疾病，为此苦恼不已，后来派人找到了当时最好的医生华佗。在了解了曹操的症状后，华佗采用了针灸保守治疗的方法，曹操顿时感觉头脑清明，身体也马上轻松了起来。但是，这样做只能暂时缓解病痛，头痛的困扰仍是挥之不去。曹操问华佗如何才能治好，华佗是个实诚人，坦诚相告："您的病短时间内治不好，即使长期治，也无法彻底治愈。"生性多疑的曹操听后很不高兴，觉得华佗是故意不给他治愈，想慢慢治，多挣自己的钱。就再次叫来华佗问："如要根治此病，到底有没有办法？"面对曹操的步步追问，华佗把自己最新的科研成果托盘相告："先饮麻沸散以麻痹脑部，然后用利斧砍开脑袋，取出风涎就可去掉病根。"

曹操一听，大为恼怒，觉得华佗这是存心戏耍自己，想要自己的老命，断然拒绝。华佗自觉没趣，也觉得再

这么搞下去难有善终,于是默默地递上一份辞职信,托辞媳妇有恙回了老家。曹操知道后,当然更不爽了,竟敢撂挑子,这还了得,遂派人去拿华佗,并且发现华佗妻子并没有生病,这下曹操脾气彻底上来了,不由分说把华佗杀了。当然,他那头疼病,也就更没指望了,这还不说,待其爱子曹冲身患重病一筹莫展的时候,他更加追悔莫及。

其实,中国古代医生的地位很高,当然前提是治好病;如果治不好病,就会惹上麻烦,甚至性命难保。翻翻《医学衷中参西录》《医林改错》可知,当年,李时珍、孙思邈、

张仲景等名医都曾是医闹的受害者。医患纠葛,打从有了医生这个职业开始,就没有断过。

那我们国家医患关系紧张,其他发达国家境况如何呢?他们又是如何化解医患矛盾的呢?

据了解,世界各地均存在着医患纠纷,这些纠纷都是由于患者或家属对医生或医院提供的医疗服务不满引起的。即使在医学技术先进、法制健全的发达国家,也难以杜绝。以当今世界医学水平最为发达的国家美国为例,医疗事故也并不鲜见。根据美国科学研究院医药研究所2000年发布的报告,美国每年因为医疗事故死亡的病人就有4.4万至9.8万人之多,这些数字背后就是一场场医患间的博弈。

日本人一向以长寿著称，在世界上也属于医学水平较高的国家，但即使如此，医疗事故也是层出不穷。日本厚生劳动省2002年4月曾对全国82所大型医院展开了一次全面调查，结果显示，在近两年时间里，这82家医院共发生了15000多起医疗事故，也就是说，在这些代表着日本最高医疗水准的大型医院里，平均每家医院每年都会有近百起医疗事故发生，其中致使患者丧生或生命垂危的重大医疗事故多达387起。

不过值得注意的是，尽管医疗纠纷是一个普遍存在的世界性难题，但在美国、日本等发达国家，医生和患者之间很少会出现极端暴力事件，双方都会理智地在法律框架内解决纠纷。这些国家之所以会有相对和谐的医患关系，是诸多因素共同作用的结果，既有宏观上较为合理的制度安排，也不乏微观上对医患双方妥帖完善的自我保护机制，再辅之以细致入微的情感关怀，自然容易使双方相对心平气和。还有，发达国家普遍拥有健全完善的医疗保障制度，以及相对充裕且分配合理的医疗资源。患者看病不难不贵，才能从根本上缓和医患矛盾。

经济学里有一句话，叫"人们会对激励作出反应"。中国的医闹产生原因基本为两种：一是医疗事故，因为医生或医院处置不当造成患者的利益受损；二是医疗机构无过错,但政府或医院出于维持稳定避事儿,对闹事者采用的一种息事宁人的绥靖政策,形成了会哭的孩子有奶吃的局面,让一些人觉得只有闹才能给对方造成压力并对自己有利,更有甚者觉得有空子可钻,愈加有恃无恐。如果在美国,第一种情况患者会获得一笔大大的赔款,你不用闹,但需要请个好律师;如果是第二种情况,那医院也不是吃素的,等着吃官司吧,证据说了算。敢带家伙去医院闹?可能分分钟就会被 Policeman(警察)练靶子。

一句话,任何社会问题都有它生存的土壤。换了土壤,这个问题就不会存在了。医闹问题亦是如此,我们要做的是从根子上解决问题,只有这样,才能把医闹这一历史顽疾根治。另外,患者难,医者也难,双方最好理解万岁,相互体谅。

清茶淡饭

提要： 茶叶原本就是中医的一部分，因为茶在中国，最早不是饮用，而是药用。大味为淡，最美味的，最营养的，正是清淡的茶水与饭菜。清茶淡饭，是一代又一代中国人总结出来的养生智慧。

　　如果要选一种世界上最伟大、最神奇，对人类福佑最多，与人类关系最密切的树叶的话，一定非茶叶莫属。茶叶是中国人发现并栽培的，中国是茶的故乡，中国人

饮茶，始于"神农时代"，少说也有4700多年的历史。像中医一样，茶叶是中国对世界的一大贡献，或者说茶叶原本就是中医的一部分，因为茶在中国，最早不是饮用，而是药用。成语清茶淡饭，也称粗茶淡饭，形容饭食非常简单，与山珍海味相对。这是一代又一代中国人总结出来的养生智慧。

自古以来，中国人对饮茶与人体健康的关系就有着极深的研究，发现了茶有很强的医药保健功能：诸药为一病之药，茶为万病之药。唐代刘贞德把饮茶的好处总结起来，称茶有十德：以茶散郁气，以茶驱睡气，以茶养生气，以茶除病气，以茶利礼仁，以茶表敬意，以茶尝滋味，以茶养身体，以茶可行道，以茶可养志。大饕客苏东坡也曾有两句诗说茶之药功："何须魏帝一丸药，且尽卢仝七碗茶。"

从古至今，饮茶爱茶之人数不胜数。东晋时代，以"闻鸡起舞"留名青史的志士刘琨，在给侄儿的信中说："前得安州干姜一斤、桂一斤、黄芩一斤，皆所须也。吾体中溃闷，常仰真茶，汝可置之。"每每有郁卒之气，刘琨都仰赖茶的调解。或可想见，天色微明之际，刘琨舞剑前后，一盏清茶，氤氲袅袅，伴其迎来一个又一个充满希望的早晨，帮他驱散寒气与阴霾。

　　因为茶可以治体中的溃闷并与修行相契，饮茶逐渐与禅修结合，提升了茶饮的精神境界，禅寺饮茶之风便盛行起来。在《旧唐书》中有一则记载：东都有一寺僧，年一百三十岁，依然身体健康，精力旺盛。唐宣宗知道了，很觉奇怪，传寺僧进宫去问："你如此长寿健康，是不是吃了什么仙丹妙药？"老僧答道："臣素不知药性，唯嗜茶，凡属至处，唯茶是求，或饮百碗不厌。"

　　关于觉者饮茶，还有一段流传甚广的公案，丰富了多彩的茶文化。这就是历史上著名的赵州"吃茶去"典故。赵州禅师得法于南泉普愿禅师，为禅宗六祖慧能大师之后的第四代传人，在河北赵州观音院（今赵县柏林禅寺）演示生活中的安心法门，举扬释迦传承下来的涅槃妙尽，接引四方参禅的学人。一日，两位刚到寺院的行脚僧人慕名来找赵州禅师，请教修行开悟之道。赵州禅师先问其中一人以前来过这里没有，回答没有来过，赵州禅师让他吃茶去。又问另一位僧人以前来过这里没有，回答来过，赵州禅师还是让他吃茶去。在身边的寺院监院满腹疑问，连忙问赵州禅师："师父，新来的叫他吃茶去是可以理解的，来过的人为什么也叫他吃茶去呢？"赵州禅师突然喊了一声监院的名字，监院应声答应，赵州禅师同样让监院吃茶去。

对于这段公案，柏林禅寺里"禅茶一味"碑记中以"新到吃茶，曾到吃茶，若问吃茶，还是吃茶"十六字加以概论。对于新到、曾到和院主三个人，赵州禅师一概奉上一杯茶，让他们统统吃茶去。这三声颇有回味的"吃茶去"道出了赵州以茶接人的一片禅心，这杯茶是赵州禅师的心印传法受用，并毫不犹豫地拿出来与大家分享。这杯茶，禅林中人誉为"赵州茶"，千年以来开化了无数学人。

禅在哪里？佛又在哪里？就在当下，我们的生活中，生活中的一切无不是道，无不真实，禅心如同一盏灯把生活照亮，赋予事物崭新的意义，如同"吃茶去"。院

主的疑问,是心念有执,赵州禅师以一杯茶把他救回来,在一问一答的瞬间将迷失的心唤醒。在赵州禅师这里只有一杯茶,生活与信仰,形而上与形而下,最超越的精神境界与最物化的日常生活,就这样水乳交融,一味无别。

赵州"吃茶去"公案,其实就是引导学人走向生活实践的一种体验方式,也是赵州作为禅宗直指人心的一种开示,"吃茶去"三字已非字面内涵所在,其深刻意蕴在于使人即事而真,即俗超凡。茶与禅之所以相通,在一个"清"字,六根清净,才无烦恼,神清气爽,才无疾恙。"吃茶去"是禅茶一味的真谛,是茶道的精神源头,是东方智慧奉献给人类文化的瑰宝。

千百年来,有许许多多的禅师都与茶结下了不解之缘,如降魔大师教禅时也要弟子喝茶省睡,百丈禅师设立丛林清规时甚至设茶座、茶头，有的大寺院光是泡茶的茶座就有十几个。据载，紫砂壶则是禅僧云水行脚时，为了便于随身携带而发明的。历代不少寺院附近都是名茶产地，每年春天在寺里举行的"斗茶"活动，促进了茶的品质提升。

在日本，流传着"茶乃养生之仙药"的说法。日本人喝茶是从中国学的，日本"茶祖"荣西禅师到中国求禅法时，一边研究佛法，一边研究喝茶。回日本时，在行囊里带了大量的佛经和茶树的种子。现在，佐贺的"嬉野茶"和宇治的"玉露茶"都是日本名茶。荣西对日本茶道的贡献除了从中国引进，还写了一册《吃茶养生记》，

可以说是日本茶的"理论先驱"。他一开头就说："茶也，养生之仙药也，延龄之妙术也。山谷生之，其地神灵，人伦采之，其人长命。"荣西禅师不仅茶道研究了得，还在生活中不断实践，他曾用茶叶治好大将军源实朝久治不愈的糖尿病。自此，喝茶风气在日本大盛，四百年后千利休提出"和静清寂"，茶道在日本形成。

但凡事有度，凡事都没有绝对。对于饮茶，也是如此，也并非人人都适合饮茶，也不是24小时之内都适合饮茶。李时珍在《本草纲目》里说："虚寒及血弱之人，饮之既久，则脾胃恶寒，元气暗损。"清代黄宫绣也提出了"空腹不宜饮茶"的见解，以免伤害肾脏和肠胃。他在《本草求真》中更进一步讲解为什么虚寒血弱的人不能喝茶："茶禀天地至清之气，得春露以培，生意充足，纤芥滓秽不受，味甘气寒，故能入肺清痰利水，入心清热解毒，是以垢腻能降，灸爆能解，凡一切食积不化，头目不清，痰涎不消，二便不利，消渴不止及一切吐血、便血等服之皆能有效，但热服则宜，冷服聚痰，多服少睡，久服瘦人。空心饮茶能入肾削火，复于脾胃生寒，万不宜服。"

油盐酱醋茶，在寻常人家，茶被排在第五位，也说明了茶在中国人生活中的地位。现在，茶叶不仅在中国人日常生活中具有不可替代的作用，在国外很多国家，都是如此。茶叶被誉为最有文化、最文明的饮料，给世界人民带来滋润，这也是中医带给世界人民的福音。

健康来自日常的保健，而日常保健中最重要的一点就是日常饮食。大味为淡，最美味的，最营养的，正是清淡的茶水与饭菜，而重口味的东西，是不能常吃的，是不利于养生的。所以，老百姓有言：最爱的心头好还是那粗茶淡饭。因为，这才是生活的本色，也是生命的底色。

知母贝母

提要： 中医学博大精深，非得下一番深功方能洞悉，非经久累月摸索方能精到，才不致生出"知母贝母"的笑谈。

成语"知母贝母"出自冯梦龙的《广笑府》，讲有一个开药铺的药商，有一天因事外出，让他的儿子打理药铺，结果一个人来买牛膝、鸡爪、黄连几样药，这个儿子稀里糊涂不识药物，半天没找到，于是割了自己家

里耕牛的一条腿，斩了一只鸡的两只脚，卖给了买药人。他的父亲回家后问他儿子卖了什么药，听了儿子所讲后哭笑不得，感叹说："如果客人要买知母贝母，你岂不要连母亲都卖了？"

这虽然是个笑话，却挺有意味，讽刺了那些不学无术的人，告诫人们要多学习，多积累，否则事到临头就抓瞎，不是出洋相，就是闹笑话。中医学经过数千年的积累，博大精深，繁杂庞多，非得下一番深功夫方能洞悉，非得经久累月地摸索方能精到。囫囵吞枣，一知半解，错诊误断，轻者耽误病人病情，重者还会闹出人命，上演庸医杀人的悲剧。

杏林学苑，除了上述知母贝母的典故外，还有一个

因为搞错药草出了事儿,被笑话了几百年的故事。这个故事广为人知,中医师傅们常常讲给初学者让其引以为戒。话说有一个卖药的老人,收了个徒弟,刚学了一年半载,徒弟就骄傲自满起来,言行狂妄,觉得自己翅膀硬了,想另立门户。师傅三番五次地劝说,都无济于事。后来,师傅就对徒弟说:"你现在可以出师了,收拾一下行李,GO!"徒弟听了,傲慢地说:"如果师傅再没有什么可教的,我马上就走,保证在江湖上闯出个名堂来。"师傅临别提醒道:"还有一种草药,你不能随便卖给人吃,病情辨别不清,吃了就会出问题的。"徒弟听了,不以为然地问道:"什么草药?"师傅说:"是无叶草。"徒弟满不在乎地问:"这药怎么啦?"师傅语重心长地说:"这种草药的根和茎用处不同,有四句话你要牢记:发汗用茎,止汗用根;一旦弄错,就会死人。千万记住。"徒弟心不在焉,不耐烦地点点头后,扬长而去。他压根儿就没把师傅的叮嘱记在心上。

一别两宽,师徒二人各卖各的药。师傅不在跟前,徒弟的胆子更大了,认识的药虽不多,却什么都敢用,没过多久,就惹下大祸,用无叶草治死了一个病人。死者家属哪能善罢甘休!就把他告到了官府。一经审问,他便把师傅供了出来。差役传来师傅,责问道:"你是怎么教徒弟的?让他用无叶草把人治死了!"师傅便如实把情况说了一遍。县官又问徒弟:"你还记得那四句话吗?"徒弟想了想说:"记得。"县官接着问他:"病人有汗无汗?你用什么药治的?"徒弟说:"病人浑身出虚汗,我用无叶草的茎治。"县官大怒,训斥道:"你这庸医,简直是胡治,病人已出虚汗,你还用发汗药,怎能不治死人?你为什么不牢记师傅的话?"于是,将其重打四十大板,又判坐牢三年,师傅无罪释放。

徒弟出狱后,找到师傅,痛哭流涕,承认错误,决定痛改前非。师傅原谅了他,并继续耐心地传他药理医道。

因无叶草使他闯过大祸,所以,他就把无叶草叫"麻烦草"。后来,又因为无叶草的根是黄色的,故又改名叫"麻黄"。

  与上面两位糊涂先生比,古今在杏林勤学精进的模范先生亦不乏其人。流传比较广的就有华佗学医和被病人赞誉为"天医星下凡"的清代著名医学家叶桂的故事,至今读来,仍很有教益。

  有一年瘟疫流行,华佗眼见许多人被病痛折磨得呻吟着,挣扎着,甚至被夺去了性命,心痛不已。于是,华佗立志学医,只为解除病人的痛苦。随后,他风餐露宿、历尽艰辛,来到西山拜医术精湛的医者为师。拜师后,师傅说:"这里有许多病人,你就专心伺候他们吧!"

华佗一面耐心地伺候病人，一面细心观察每个病人病情的变化和用药情况，一干就是3年，这3年里，他懂得了不少的病源、病理和用药方法。3年过后，师傅让他读医书、药典。从此华佗更是不分昼夜，如饥似渴地攻读起医书来。寒来暑往，又是3年。一天华佗正在读书，忽然有人说："师傅病了，快去看看！"华佗连忙跑去，只见师傅两眼紧闭，手脚僵硬，他摸摸师傅额头，又按按师傅脉搏，然后笑着说："师傅无大病，自会好的。"众人都怪华佗不懂装懂，竟敢在老师面前卖弄。就在这时，师傅坐起来哈哈大笑："华佗说得对！我是故意装病，试试你们本领的。"众人听了，个个惭愧不已，无不佩服华佗。

有清一朝，名医鸿儒不少，但叶桂绝对是黄钟大吕般的存在，可以说在整个中国医学史上，叶桂都称得上是一位具有巨大贡献的伟大医家，后人称其为"仲景、元化一流人也"。他首先是温病学派的奠基人之一，又是一位对儿科、妇科、内科、外科、五官科无所不精、贡献很大的医学大师。史书称其"贯彻古今医术"，他是当之无愧的，这里我们来看看他的故事。

叶桂出身医药世家，从小熟读《内经》《难经》等古籍，对历代医药名家之书也旁搜博采。不仅孜孜不倦，而且谦逊向学，信守"三人行必有我师"的名训，只要比自己高明的医生，他都愿意行弟子礼拜之为师，一听到某位医生有专长，就欣然而往，必待学成后始归。从十二岁到十八岁，他先后拜过师的名医就有17人，其中包括周扬俊、王子接等著名医家，所以后人称其"师门深广"。

当时有位姓刘的名医擅长针术，叶桂想去学但没人从中介绍。一天，那位名医的外甥赵某因为舅舅治不好他的病，就来找叶桂。叶桂专心诊治，几帖药就治好了。赵某很感激，让叶桂改名换姓后引荐他拜自己的舅舅为师，因为古代中医特别讲究门庭秘传，技不外泄。叶桂在那里虚心谨慎地学针，一天，有人抬来一个神志昏迷的孕妇，刘医生诊脉后推辞不能治。叶桂仔细观察，发现孕妇是胎儿不能转胞，就取针在孕妇肚脐下扎了一针，叫人马上抬回家去。到家后胎儿果然产下。刘医生很惊奇，详加询问才知道这个徒弟原来是大名鼎鼎的叶桂,感慨不已,遂把自己的针灸医术全部传授给了叶桂。

叶桂本来就有慧根,聪明绝顶,加之这样求知若渴,博采众长,且能融会贯通,自然在医术上突飞猛进,不到三十岁就医名远播。他对中风一症有独到的见解和治法,提出久病入络的新观点和新方法。他最擅长治疗时疫和痧痘等症,是中国最早发现猩红热的人,在温病学上的成就,尤其突出,为我国温病学说的发展,提供了理论和辨证的基础。除了精通医术,叶桂在其他学问的研究中也具严谨精细的治学精神,博览群书,学究天人,使医术和学术相得益彰。他主张"学问无穷,读书不可轻量"。虽久负盛名,仍手不释卷,始终保持学无止境的进取精神。

叶桂享年80岁,临终前他警诫儿子们说:"医可为而不可为,必天资敏悟,读万卷书,而后可借术济世,不然,鲜有不杀人者,是以药饵为刀刃也。吾死,子孙慎勿轻言医。"这是一位对自己的言行极端负责的仁医之言,同时也显示出他在医学,乃至人生哲理的追求上所达到的极高境界。因为走得越高,就越知道天高远不可及,越知道自己的渺小不足言。

仁心仁术

提要：仁心仁术是医学从业者的职业标准，也是衡量一位医生是否合格的标尺。有一位医界先贤，他用一生书写了这个四字成语的传奇。

成语"仁心仁术"出自《孟子·离娄上》，意思是心地仁慈，医术高明。四个字很好写，做到却不容易，这是医学从业者的职业标准，也是社会衡量一位医生是否合格的一把标尺。放在其他行业，也适用。中国人特别强调德艺双馨，做事先做人，甚至把做人看得比做事还重要。你看，包括成语"仁心仁术"，也是把"仁心"放在了"仁术"的前面。没有仁心，何来仁术？纵然有仁术，仁心有缺，也成不了好医生。

古人云："无德不成医。"传统的医者更看重医德的修养，因为中药本身就是传统文化的一部分，受传统理学浸润特别深，特别强调医者的道德规范，所以中医界还有一个和"仁心仁术"近义的成语："德医双馨。"中国历史上德医双馨的名医很多很多，而且这些名医不但医术精湛，还多半都是饱学诗书的大儒，因为他们大都是先学"经"再学医的，国学是底子，是道；医学是专业，是术。尤其是不少医学典籍，本身就是"经"和"术"融为一体的，如医界奉为圭臬的《黄帝内经》。

谈起仁心仁术，阿松条件反射般想起一位医界先贤，这个成语好像就是他一生的写照和人生的注脚，他应该是每位有志于医学者见贤思齐的高山，他就是"行业大牛"孙思邈同志。

孙思邈"幼遭风冷，屡造医门，汤药之资，罄尽家产"。虽然自幼体弱多病，但他嗜学如渴，并立志从医，为民除病，因而刻苦研习岐黄之术。到二十岁左右，他在大唐医药行业圈内已经小有名气了，所以"京邻中外

有疾厄者"多找他治疗。放到现在，评个"杰青"应该是没问题的，但人家孙同志根本不屑于此。真正的牛人，是不会太把名利放在心头的，古今中外皆如此，越是名片上恨不得正反两面都印满头衔的家伙，多是浮夸钻营之徒，浅薄得很。我们敬仰的孙同志除医学书籍外，儒家、道家、佛家的典籍也无所不读。所以，在别人还没闹明白将来靠啥吃饭的时候，孙同志已是个知识渊博，尤其精通儒家、道家并兼通佛学思想的颇有功底的学者了。中年以后，他更是看透了当时的统治集团中钩心斗角、倾轧杀戮的本质，觉得从政太过世故，多次拒绝出仕为官，而是在太白山、终南山方圆数百里内为平民百姓治疗疾

病。在行医实践中,他将所学的医学理论与临床实践融会贯通,医疗技术达到了炉火纯青的境地。在此期间,他还潜心钻研唐以前历代医家的著作,终有大成,完成了世界上第一部国家药典《唐新本草》。其另两部医著《备急千金要方》和《千金翼方》则较全面地总结了自上古至唐代的医疗经验和药物学知识,丰富了我国医学内容,发展了张仲景的伤寒论学说,改六经辨证为按方剂主治及临床表现相结合的分类诊断方法,使理论更切合实际。

在他数十年的医疗实践中,诊治了600余名麻风病人,治愈率达10%,这在1300多年前来讲,已经是一个奇迹。在炼丹生涯中,他记录的硫黄伏火法,系我国早期火药配方,在火药发明上有突出贡献。孙思邈一生以济世活人为己任,对病人具有高度的责任心和同情心,他将《大医精诚》写成大块文章，要求医生对技术要精，对病人要诚。他认为医生在临症时应安神定志，精神集中，认真负责，不得问其贵贱贫富，长幼妍媸，怨亲善友，华夷愚智，一如至亲，一视同仁。

孙思邈的《大医精诚》篇，被誉为"东方的希波克拉底誓言"。它明确地说明了作为一名优秀的医生，不光要有精湛的医疗技术，还要拥有良好的医德。这篇文章广为流传，影响深远，当时要是有朋友圈，点击阅读量绝对是海量的。直到今天，我国的不少中医院校仍用它作为医学誓言，当成校训刻在医学院的大楼上、高墙上，勉励每位同学都应秉承"大医精诚之心"，全心全意地为患者服务。

孙思邈非常重视预防疾病，讲求预防为先的观点，坚持辨证施治的方法，认为人若善摄生，当可免于病。只要"良医导之以药石，救之以针剂"，"体形有可愈之疾，天地有可消之灾"。并提出"存不忘亡，安不忘危"，强调"每日必须调气、补泻、按摩、导引为佳，勿以康健便为常然"。他提倡讲求个人卫生，重视运动保健，提出了食疗、药疗、养生、养性、保健相结合的防病治病主张。医人者善医己，尽管孙氏幼年体弱，却成了历史上有名的长命神仙，寿命超过百年。

  孙思邈还对良医的诊病方法做了总结,指出须"胆欲大而心欲小,智欲圆而行欲方"。"胆大"是要有赳赳武夫般的自信和气质;"心小"是要如同在薄冰上行走,在峭壁边落足一样时时小心谨慎;"智圆"是指遇事圆活机变,不得拘泥,须有制敌机先的能力;"行方"是指不贪名、不夺利,心中自有坦荡天地。

  一次,孙思邈路遇一队送葬之人,队伍过后,地上的几滴异样鲜血引起了他的注意,连忙追上,寻问所以。原来棺内装着一位少妇,因难产刚刚去世,孙思邈又一次俯身去嗅闻血迹,断定此人或可一救,遂说服丧者的亲人,同意打开棺椁,只见他找准穴位,一针下去,片刻,少妇全身抽动,慢慢苏醒,并顺利生下一名男婴。

孙思邈对古典医学有深刻的研究，对民间验方十分重视，一生致力于医学临床研究，对内、外、妇、儿、五官、针灸各科都很精通，有24项成果开创了中国医药学史上的先河，特别是论述医德思想，倡导妇科、儿科、针灸穴位等都是前所未有的。

孙思邈具有高尚的医德，一切以治病救人为先。他关心人民的疾病痛苦，处处为患者着想，率先垂范，对前来求医的人，不分高贵低贱、贫富老幼、亲近远疏，皆平等相待。他出外治病，不分昼夜，不避寒暑，不顾饥渴和疲劳，全力以赴。临床时，精神集中，认真负责，不草率从事，不考虑个人得失，不嫌脏臭污秽，专心救护。特别是他提倡医生治病时，不能借机索要财物，应该无欲无求。千余年来，德医双馨的孙医生一直受中国人民和医学工作者所称颂，被尊称为"药王"。

"药王"一名，最早见于东晋时佛经译本中的药王菩萨。药王菩萨慈悲为怀，救人危难，故中国民间常把同样能救人危难的医生比喻成药王。药王被中国民间奉作医神，是人们祈求安康、祛病禳灾的精神寄托，同时也反映了中国民间对历代名医的纪念和尊崇。在民间，历史上被誉为药王的几位大医有"三韦"（韦善俊、韦慈藏、韦古）和孙思邈，清代以后中国民间所称的药王基本专指孙思邈。

在中国，只有两个职业是带"德"的，一个是教师，一个是医生。而其他职业，都是用"职业道德"一词笼统带过。这两个职业之所以为人们所敬重，原因在于，教师要负责人们的精神健康，被誉为太阳底下最光辉的事业，所谓"学高为师，德高为范"；而医生要负责人们的肉体健康，所谓仁心仁术，德医双馨。这两个职业，干的都是良心活儿，教师的职责是教书育人，教书容易，育人难；医生要肉体治疗，还要有精神抚慰，肉体治疗尚可立竿见影，心病着实难解。那如何才能做得好呢？造字的先哲给了我们启示："德"字就在"育人"和"精神抚慰"之中。

积劳成疾

提要： 历史上，积劳成疾的故事不胜枚举。无数血的教训告诉我们：过犹不及就会破坏平衡。平衡是一种美好的境界：生态平衡了，会风调雨顺；心理平衡了，会让人舒坦愉快；劳逸平衡了，会使人精力充沛，身体健康。平衡，是一种能力，一种智慧。

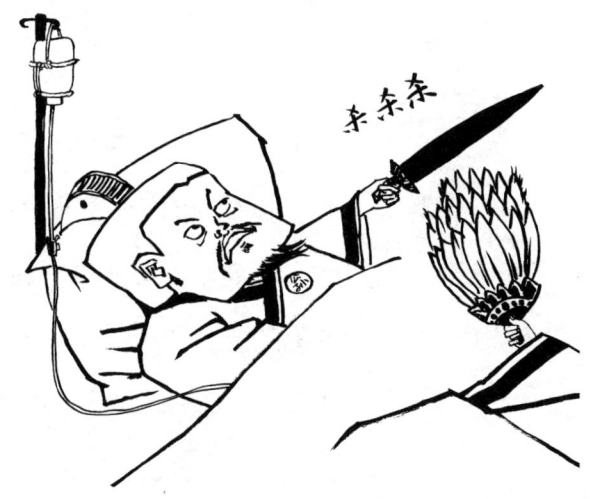

成语"积劳成疾"出自冯梦龙笔下，由春秋战国时期楚国攻打蔡国的一段战事引申而成，记录的是一位有勇有谋的国之重臣殚精竭虑、以身谋国并最终积劳成疾而病倒不起的悲壮故事。这个国之重臣叫公孙归生。

楚灵王凭着强大的国势和兵力，灭了陈国以后，乘势发兵进攻蔡国。蔡侯中计被杀，楚兵攻城甚急。刚接位的世子有，听从监国公孙归生的意见，向晋求救。晋昭公惜兵不愿出头，叫宋、齐、鲁、卫、郑等国出兵，可是他们都怕强楚。蔡国没有办法，只得凭自己的微薄力量守城。一个不及楚国一个县大的蔡国，居然坚守了七个月之久，这里面全靠公孙归生的一力支撑。公孙归生劳累过度终于病倒了，城中的粮食也吃完了，守卫兵士也筋疲力尽了，楚军破城而入……

看到公孙归生的故事，让人不由得想起三国时期那位足智多谋的诸葛先生，何其相像，何其遗憾。可见，成大事，单靠某个人的操劳和才智是远远不够的，一个家庭的兴旺发达，一个单位的持续发展，一家之主也好，领头人也好，都不能靠疲劳战赢得胜利，只有张弛有度，休养生息，才有更长远的未来，毕竟身体是革命的本钱，没了健康，一切都没了。历史上，这类教训不胜枚举。

大凡名医，历来重视著书立说，常常是通过学术著作来体现其地位的，事实上著书立说也是造就名医、衡量名医的一条重要标准。然而，"胸中有万卷书，笔底无半点尘者，始可著书；胸中无半点尘，目中无半点尘者，才许作古书注疏"。意谓无论著书还是为古书作注，

都必须博学万卷,同时要扫除俗念、成见方可。青灯黄卷,坐冷板凳写材料的都知道个中辛苦,何况那些名医,日常还要接诊大量的病人,再挤出时间编撰医书,就更不是简单的"辛苦"二字可以概括的,简直是焚膏继晷,披肝沥胆,呕心沥血。

沪上名医陈存仁"一生除行医外,每天至少花2个小时写作,从不中断",为的也是"著书以教人"。他一生著作等身,除了《中国药学大辞典》,尚编有"皇汉医学丛书"、《中国医学史》等。为编《中国药学大辞典》,他规定自己每天写2000字,白天出诊,晚上写书,

通常一晚只睡5个小时,足足写了4年,总计320万字。后期为了赶稿出版,又日夜不停地赶写,待交稿之后,大病一场。那段时间,他每日发烧不退,并且患上了神经衰弱,整夜失眠,体重由130斤减至96斤。无奈买了一斤多人参,每天喝参汤,移居无锡休养3个月才告愈。

清代名医魏之琇对明代江瓘的《名医类案》十分赞赏,遂依照该书体例,撰述《续名医类案》,以补江书的遗珠之憾。魏之琇为完成这部60万字巨著,废寝忘食,积劳成疾,终至不救,书成后不久便离世了,真是为著书而献身。在中医发展史上,这样的例子很多,他们医好了病人,却经常累病了自己。

勤劳、勤俭是中国人的优良传统，革命年代，有句口号很响亮——"轻伤不下火线"，就是说有点小病小伤的，忍着也要坚守岗位，坚持工作。这两年，也有一句励志的话流传很广——"只要干不死，就往死里干"，就健康养生的角度而言，这种观念是要不得的，我们有必要知晓疲劳已是亚健康，是一种信号，是在提醒你，你的身体已经超负荷，应该进行调整和休息了，不重视这个信号，就可能引起慢性疲劳综合征。

慢性疲劳综合征是慢性持久或反复发作的脑力和体力疲劳、睡眠质量差、记忆力减退、脱发白发、认知功能下降及一些躯体症状为特征的临床症候群，我们日常感伤较多的腰酸背痛、头晕头痛等都是典型症状，这时候最需要的就是恢复，尤其是过度的疲劳更不可忽视。人到 30 岁后，体力处于下降趋势，身体对疲劳的调解能力减弱，不及时休养生息，天长日久，身体的抵抗力和免疫力就会下降，某些潜伏在器官的病灶便有可能被诱发，从而患上疾病。这不仅对中老年人如此，对年轻人也是一样的，近些年，我们经常听闻有小伙子由于连续加班或上网玩游戏而猝死的，自以为年轻力壮不会有啥事儿，一旦倒下才知道生命的脆弱。

生活中，人们常说"小车不倒只管推"，尤其是人到中年，每天睁眼一瞅，上有老下有小的，都指望着自己哪，那压力甭提了，天天"不用扬鞭自奋蹄"。阿松曾认识一位姓陈的出租车司机，别人都说一台车两班倒，他黑白干，问他为啥这么卖命，说是贷款买的车，媳妇没工作，还有两个孩子，全家就指望他开车挣钱吃饭。别的师傅中午吃饭一般会吃碗烩面，饭量大的还会加个菜，他为了省钱，每天吃从家里带的馒头，就着咸菜对付着就过去了。坐他的车时，几次交谈，他都大倒苦水，说这日子过得太辛苦，很怀念前几年在老家生活时的日子，虽然生活条件不如省城，但天天很开心，很轻松，没什么压力。现在，为了给孩子创造一个更好的条件，接受更好的教育，两口子背井离乡来城里发展，劳苦不堪，他黑白开车辛苦，媳妇一个人管两个孩子上学和一家子的吃喝拉撒，也是筋疲力尽。两年后，阿松从陈师傅一个老乡处得知，他心梗去世了，车贷刚刚还完，阿松好一阵唏嘘。

车流滚滚，人来人往，不知道这里面有多少个"陈师傅"，有多少个"为了孩子"的父母在不知疲倦地奔波，甚至就连现在的孩子们，本是无忧无虑、轻松快乐的童年时光，却比大人还忙，唯恐输在了起跑线上，一个礼拜除了繁重的课堂学习，光各种补习班加在一起就有几

十个课时,甚至有新闻爆出有小学生被补习班压倒的。

著名央视主持人白岩松曾这样说过:一个从小就接受必须争先、必须第一名教育的孩子,长大后是可怕的、可怜的,他的成长过程不仅失去了欢笑,而且在步入社会后,假如成为领导,他会不考虑员工的感受,把员工当成不知疲倦的机器人来使唤;如果是一个普通人,他就会苛求自己,让自己在所谓的奋斗中穷其一生,为了忙而忙,直到累倒下,把辛苦攒下的一点钱拱手交给医院,而不考虑他笑过没有,享受过快乐没有。觉得不辞辛苦就是人生,不知道这算不算是一种病。

白岩松的话让阿松想到了孔圣人的一个教诲。周朝的时候,民间有一个祭祀百神的"蜡"节,孔子带着子贡去看祭礼,孔子问子贡说:"赐也乐乎?"子贡答道:"一国之人皆若狂,赐未知其乐也。"孔子说:"张而不弛,

文武弗能也；弛而不张，文武弗为也；一张一弛，文武之道也。"意思是：一直把弓弦拉得很紧而不松弛一下，即使是周文王、周武王也无法办到；一直松弛而不紧张，那是周文王、周武王也不愿做的。有时紧张，有时放松，这才是周文王、周武王治国的办法。

现在工作节奏越来越快，很多人疲惫不堪，处于亚健康状态，一想起上班就头疼，这是一种很危险的信号，需要学会调理情志，做到"恬淡虚无，真气从之"。让大脑经常处在一种放松的状态，心静则慧生。考试的时候，如果脑子紧张，会的也想不起来；思想放轻松，才能才思敏捷，神游万里。如果能使自己的心态处在一种稳定平和的状态，就能做到"阴平阳秘，精神乃至"。

中国人讲究过犹不及，过犹不及就会破坏平衡，平衡是一种美好的境界。生态平衡了，会风调雨顺；心理平衡了，会让人舒坦愉快；而劳逸平衡了，会使人精力充沛，身体健康。平衡，是一种能力，一种智慧。

江湖医生

提要： 可以说，成语"江湖医生"是假医生的代名词。殊不知在中国古代，这种别名铃医的医者，始终恪守"扬仁义之德，怀济世之志"的古训，妙术施治，求取薄利，屡化沉疴恶疾，深受群众信赖。

著名作家王朔在其作品《橡皮人》中说过："我见过许多原来挺好看的女孩儿，上了江湖医生的当，割了双眼皮，弄得人不人，鬼不鬼。"可以说，成语"江湖医生"成了假医生的代名词，此外，人们也用来指那些

没有真才实学的人。不过，在古代，行走江湖的医生大多还是靠谱的，也正是他们数千年来为中国老百姓把脉治病，驱除瘟疫，并在游街串巷的行诊中逐渐积累了丰富的经验，乃至成长为一代名医，济世苍生。这是中医的一个显著特点，即经验性强，不少药方和诊治方法都是个人经年累月的经验总结，同样的病不同的郎中看，常常同病不同方。这也是中医有别于西医的不同之处，中医重结果，西医重过程。

以前，游走江湖的郎中手里常常拿着一串铃铛，一边走，一边摇，时间长了，民间给了这些江湖郎中一个别名：铃医。铃医即走方郎中、走乡医、串医、走乡药郎、赤脚医生。他们身背药箱，手摇铃铛，游走于村市街巷，为百姓除灾治病，有着不少的治疗经验和独门秘方。李时珍的祖父和父亲都是铃医，后来李时珍继承了衣钵，祖孙三人，演绎了一门三代药香赓续的杏林佳话。

铃医自古就有，宋元时开始盛行，奔走乡间，栖宿寺庙，医治民众疴疾。他们始终恪守"扬仁义之德，怀济世之志"的古训，妙术施治，求取薄利，屡化沉疴恶疾，深受群众信赖。实际上，铃医医术在我国医学史上有着举足轻重的地位，古代的扁鹊、华佗、孙思邈等名医都是铃医出身，他们实为古代的基层医务工作者。

而后来，逐渐有一些招摇撞骗的家伙药箱一背，方巾一戴，以铃医身份行骗，打一枪换一个地方，口气很大，包治百病、起死回生；卖大力丸，卖狗皮膏药等，专坑纯朴的老百姓，也有的庸医经验不足胆儿却很肥，以至于惹出祸端。渐渐地，也就把铃医的名声给败坏了，不知从何时起，人们不敢再轻信那些来无影去无踪的游医，并将他们斥为"江湖医生"。

江湖医生中有一个叫陆阳的家伙，给人治病时要酒要钱，没能如愿，便趁着醉酒给病人加大药量，在病人疼痛难忍时，他竟坐着小船一走了之，结果病人"颤悸坠地而死"。还有个医生徐楼台，是个专科医生，对治疗痈疖有一套，但此人见钱眼开，喜欢红包，如果不给，他就不管病人死活，恶搞病人。有次诊治一个背上长疮的病人，徐

楼台一手用纸捻点药插到疮口中,一手向人家索要钱财,病人不给,他就把纸捻子放疮口中不拔出来了,过了一夜,这个病人脓血喷涌而死。

常在河边走,哪有不湿鞋?这种唯利是图、胆大包天之徒,害人也终将害己。三国时期,寿春县有个叫"登女"的赤脚医生,在当地小有名气。不过她却不想终生游走江湖,挣钱不多,还挺辛苦,于是动起了歪心眼儿,收买了一拨"水军"大肆宣传,广发朋友圈,称其乃天神下凡。不久,连魏明帝曹叡也听说了她的大名,特召她入宫。说起魏明帝或许知道的人不多,但提起他爷爷,那可谓家喻户晓,谁呀?曹操呗!

凭借皇上的口谕,加之她确实有两下子,一时间登门求医的人络绎不绝。登女见事业驶上了快车道，心想光靠门诊费是挣不了大钱的，于是代理了一种高价药水，当起了"药代表"。这"神水"确有奇效，但凡生个痔疮、长个粉刺什么的，一抹效果还不错，因此走量很大，登女很快赚得盆满钵满。前些年那位用吃生茄子、喝绿豆水治病圈钱的"张教授"与之相比，简直是小巫见大巫，就是跟前阵子为双黄连治疗新冠肺炎代言的某"砖家"PK也不逊色。

可就在登女混得风生水起的时候，纵欲过度的曹叡因体力不支卧床不起了。他立马想起了引进的这位医界奇才，于是召其入宫。登女一把脉，料知皇帝已病入膏肓，无药可医了。无奈她此前做的广告实在是忒满忒玄乎，

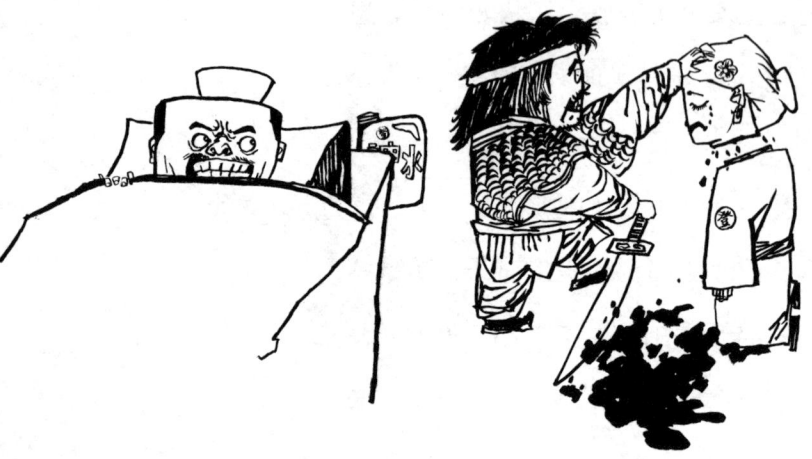

没法说治不了而自己打自己的脸,那可是欺君之罪,加之也想投机一把,于是自信满满地说:"陛下,您喝了我这碗神水,定能药到病除。"结果呢?很酸爽!随着"曹叡大怒",一拍桌子,登女人头落地。他爷爷老曹枉杀一代神医华佗在历史上被记了一笔,是黑记录;曹叡同志打假不手软,果断斩杀江湖医生登女,是为民除害,值得肯定。

　　陆以湉的《冷庐医话》中有一篇文章叫《医鉴》,记录了苏州一个非常势力眼的曹大夫,水平不咋的,还挺贱,只看富人不治穷人,常遭唾骂。一天一个富家的女儿病了,这个曹医生闻讯而来,家人故意跟曹医生说病女已经出嫁,曹医生隔帐给富家女诊过脉后胸有成竹地说:"恭喜恭喜,您家的千金是怀孕了。"富翁一听心里呵呵了,次日,让儿子躺在帐中又叫这个曹医生来诊脉,没想到曹医生诊脉后说:"这位千金也有喜了,恭喜,恭喜!"气得富翁的儿子边骂边刮掉了曹医生的胡子,然后用粉把曹医生的脸涂白,押着游街去了,把他狠狠地羞辱了一番。

《笑林广记》中一篇《愿脚踢》记录的一个医生更有意思,一个担柴的樵夫碰到了他,这个医生大怒,要对樵夫施以老拳。樵夫见状连忙跪下:"请你用脚踢我吧。"围观的人一脸蒙圈,皆问其故。樵夫说:"经他手定是难活的。"众人捧腹,庸医的丑态也跃然纸上。清代石成金的《笑得好》中,讲一个庸医治死了人家一双儿女,只得把自己的一双儿女赔给人家,后来人家的妻子病了,他一听吓得大哭,忙对妻子说:"不好了,现在有人又看

上你了。"还有更奇葩的,能活活把自己治死。有一篇《墓志铭》中就讲述一位医生把自己治死了,因为连个家人也没有,乡亲们凑俩钱把他埋了,给他坟前立了一块墓碑,墓碑上这样写道:"贾某,少习武,及冠,进京赴武举,射死鼓手,被逐出。改行医,无求治者。偶有疾,自制一方服之,毙。"江湖医生混到这水平也是没谁了,不过也好,省得他再去祸害别人。

历史上,生活中,比上述可恨的江湖医生还糟糕的家伙多了去了,简直是罄竹难书,令人发指。打开手机,常见有"爱中医""名医堂"类的微信群发来添加邀请,说是为患者提供医疗咨询,但绕来绕去他们关心的真是患者的健康吗?在这些人眼里,哪有病人的疾苦,只有

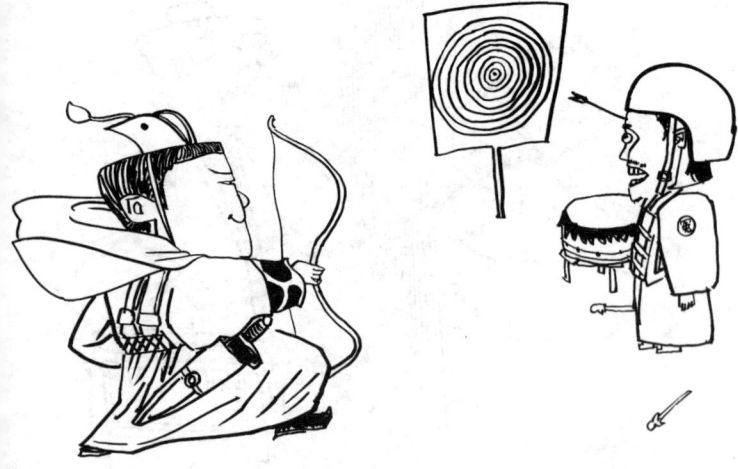

钱财名利。什么能防治乳腺癌的"中医药原理内衣"，什么能调理新陈代谢的"减肥中药敷包"等，"中医世家"满天飞，"祖传秘方"到处卖，尤其是打着中医旗号的保健服务及产品为害尤甚。他们的恶行长出的恶之花，却开在了中医的身上，这实在是中医的不幸与悲哀。

这些打着中医旗号祸害中医的蝇营狗苟者对中医的戕害不比捧西医踩中医的偏执者好到哪里，他们组成了混成旅，明里暗里朝中医放箭开枪，肆无忌惮地把污水泼向中医，巴不得所有钟爱中医的人都来给他们交智商税，恨不得把中医连根拔起，在他们的"不懈努力"下，煌煌几千年的国粹，医治了无数国人的中医，领先了世界几千年的文化，终于被折腾得蓬头垢面，欲说还休。

救救中医！

久病成医

提要： 久病成医的皇甫谧，其个人的不幸成了中国医学的大幸，成就了皇皇巨著《针灸甲乙经》；"雪山神医"和士秀，因生过重病深知病人的痛苦而从医，名扬海内外……他们的经历告诉我们：只有那些不向命运低头的强者，才能"穷"且意坚，病蚌成珠。

在中医针灸疗法发展史上，有一部皇皇巨著不得不提，称得上是一部影响中国针灸学发展的划时代著作，而且这部大作出自一位年届中年才开始研究医学的人，

一个受病痛折磨的人，用自己的人生经历诠释了"久病成医"这个成语的人，他就是西晋的牛人皇甫谧，这部医学名作即是《针灸甲乙经》（简称《甲乙经》）。搞中医的，尤其是玩针灸的，应该没有不知道的，因为这部书在针灸界，乃至在中医界影响实在是太大了，至今还被广泛地应用于临床，使今人获益匪浅。

远在隋唐时期，《针灸甲乙经》就已作为医学教育的必学课本，不但被业界大咖孙思邈点赞："凡欲为大医，必须谙《素问》《甲乙》……诸部经方。"还被后世定为针灸初学者必须学习熟读的基础课本。不仅在国内影响很大，《针灸甲乙经》对国外发展中国针灸也产生了极为广泛的影响。公元七八世纪，日本、朝鲜在引进中国医学的同时，均在其医学教育中明确规定以《针灸甲乙经》为教材，还明确规定了学习日数。19世纪末、20世纪初在欧美产生影响，为欧美一些大图书馆所收藏，特别在法国影响更大。目前，在国内现仅存若干明刊本，日本珍藏有该书宋刊本。

《针灸甲乙经》的作者皇甫谧早年并不是一个医生，而是一个历史学者，研究医学并终成良医缘于他中年时的一场大病。可以说是作者自己的治疗实践成就了这样一部医学巨著。在研究施治中，皇甫谧对实践更为重视，比如为了探求寒食散的医疗作用，他亲自服食。这也给他带来了巨大的痛苦，这种痛苦使他想拿刀自杀，但他还是坚持"凡此诸救，皆吾所亲，更也试之，不借问他人也"。

皇甫家族世代官宦，累世富贵，煊赫的家世，使其能够博览天下各家典籍，专心著作。当时的朝廷一再征召他去做官，都被他拒绝。即使著作郎之类的官他也坚决不做。史书上说他"有高尚之志，以著述为务"。皇帝也无可奈何，只好送他一车书。但他也很是不幸，从小就身体羸弱，一生多病。而且他读起书来，废寝忘食，时人谓之"书淫"，很是损耗精神。40岁时，皇甫谧中风痹疾，半身不遂。抱病期间，他开始研读大量的医书，尤其对针灸学十分感兴趣，一边研究，一边试着给自己针灸。但是随着研究的深入，他发现以前的针灸书籍深奥难懂且错误百出，十分不便于学习和阅读。于是他通过自身的体会，摸清了人身的脉络与穴位，并结合《素问》《灵枢》《明堂孔穴针灸治要》等书，悉心钻研，终成大作。《甲乙经》的著成对于我国针灸学的发展起到极大的促进作用，后学者在阅读时，一般不必再对三部原著的有关部分加以研读，而只需研读《甲乙经》，即可有精要的理解。同时，它又具有重要的文献学的价值，如《明堂孔穴针灸治要》原书早佚，借助《甲乙经》得以保存大部分精华内容。

在美丽的云南边陲，丽江白沙古镇，有一位年逾九旬的纳西族老中医和士秀，被誉为"雪山神医"，也是民间公认的"丽江三杰"之一。如果不是学了中医，如果不是学了英语，也许他也只是一个普通的白沙老人。然而，学医和学英语，却让这位纳西族老人的命运传奇不凡。1924年出生的和士秀，当年是丽江地区"高考状元"，以优异成绩考上了上海海军机械学院，后因身体原因转入南京国立语言专科学校，并于1949年毕业。同年加入人民解放军第二野战军，后来不幸罹患肺结核，正值壮年，却无奈放弃工作回乡休养。

回乡后，和士秀继承了父亲的衣钵潜心钻研医学，悉心搜集纳西族民间中草药方，跋山涉水尝百草，渐渐成为小有名气的草药郎中。"文革"期间，和士秀遭到批斗，再一次被命运重击。难得的是他没有倒下，1985年，经批准，他的"玉龙雪山本草诊所"终于挂牌，在随后的数十年，经和士秀救治过的人不计其数。诊所不大，偏居一隅，但他和他的诊所却名扬天下，因为他会说外语，加上医术精湛，很早的时候，就有不少外国友人来寻医问药。由于诊所总是聚集很多外国人，一度闹出过笑话被人怀疑是不是老先生在搞什么间谍活动。

　　和士秀行医救人的故事，1986年被英国著名作家普鲁斯·查德文撰写于《洛克的世界》，刊登在美国《时代》杂志上，文中详细报道了和士秀和他的雪山诊所。随后，又陆续有美国病友痊愈后被报道，和士秀开始在大洋彼岸被广为人知。一时间，国内外的媒体开始对和士秀展开接二连三的采访报道。据悉，和士秀先后收到一二百家媒体的采访邀请，报道有近四十种语言在全球播报。他甚至得到荷兰、英国、美国、加拿大、瑞士等多国政要以及知名人士、影视明星们的慕名拜访。日本漫画《樱桃小丸子》的作者樱桃子就曾多次登门拜访。对此，老先生在接受采访时说："不是我和士秀有多么了不起，而是祖国的传统中医了不起。为此才吸引了这么多的国

际友人。"

和士秀曾帮过不少人渡过鬼门关,也免费义诊过很多患者,其中有位美国白血病患者布莱尔连续十多年在诊所拿药服用。美国梅奥医药跟踪记录其疗效,证明布莱尔的白血病已经痊愈。更难能可贵的是老先生的医者仁心,用他的话说就是:"我的病人来自世界各地,但我更希望他们只是客人,不是患者。"老先生还一再跟人提及,"因为自己也生过重病,深知病人的痛苦,所以我能做的就是让他们减少痛苦和压力。无德不成医,是我从医的初衷"。

历史上,与和士秀老先生有着同样心结和心愿的名医更多:名医李中梓因痛感两个儿子被庸医药误致死,由仕转医;名医吴瑭,19岁时其父亲患病,四处求医,医治无效终卧床不起而死去,深受触动的他为自己不懂医术眼看病魔夺取父亲的生命痛定思痛,决意学医;名医唐宗海,因父亲血症多方求治无效后,由儒转医,开始潜心探索医术,尤其血症,经过11年时间写成《血症论》,集血症诊治之大成;名医黄元御,因失明无法继续求取功名转而学医;名医刘完素,因母病,三次延医不治,不幸病逝,遂立志学医……这样的例子还有很多很多,而声名见于一乡一野之中的郎医,他们的从医缘由,也多半如此。久病成医，三折肱为良医，确为中医史上的一大奇观。从另一个方面，也说明了中国人对亲情的莫大珍视，对家庭家族宗教般的皈依挚爱。

  再说皇甫谧，其个人的不幸成了中国医学的大幸，《针灸甲乙经》为皇甫谧在医学方面的主要成就，也是他对中国医学的最主要的贡献。他的经历是人生的普遍现象，由此可知，决定一个人最终走向和高度的，往往并不一定是起点，而是拐点，危机与机遇常常在拐点。只有那些不向命运低头的强者，才能"穷"且意坚，病蚌成珠。

对症下药

提要： 治病救人，关键是找到病因，只要看得准，不用药也照样可以治好病。学习、工作也是这样：根据学生良莠不齐，因材施教，才能提高成绩；抓住市场痛点，拿出解决方案，才有希望赢得市场。

成语对症下药出自《三国志·魏志·华陀传》，意思是医生针对患者病症用药，多用来比喻针对事物的问题所在，采取有效的措施。华佗医术非常高明，他自小熟读经书，尤其精通医学，不管什么疑难杂症，到他手

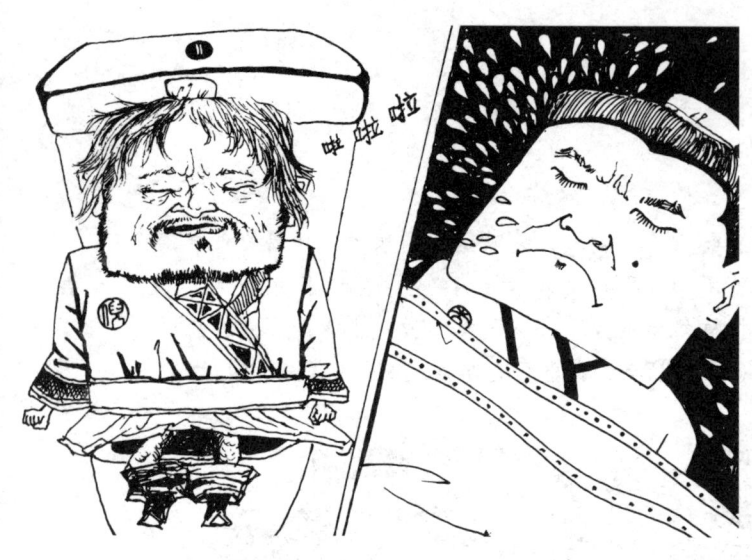

里，大都药到病除。有一次，有个推车的人突然屈着腿，捂着肚子喊痛，不一会儿，气息微弱，喊痛的声音也渐渐小了。华佗切脉诊断后，断定病人患的是肠痈，立即给病人用酒冲服麻沸散，麻醉后，又给他开刀诊治。经过治疗，病人一个月就好了。

华佗的神奇之处还在于他能根据病人的实际情况进行诊断抓药。有一天，州官倪寻和李延病了，一起到华佗那儿看病。两人的感觉相同，都是头很疼，全身发热。华佗仔细诊断，却给他们开了不同的药。倪寻和李延非常奇怪："我们病情一样，吃的药为什么有那么大的区别？"

华佗看出了他们的疑惑，问道："生病前你们都做了什么?"

倪寻回忆说:"我昨天赴宴回来,就感到有点不舒服,今天就头疼发烧了。"

"我好像是昨天没盖好被子受凉了。"李延答道。

"那就对了。"华佗解释,"倪寻是因为昨天饮食不对,内部伤食引起的头疼身热,应该通肠胃;而李延是因为外感风寒受凉引起的感冒发烧,应该发汗。病情表面差不多,但倪寻只要一点药物就会好,李延却需要借用药物调动自身的机能才能痊愈。治疗的办法理应不一样才对啊!"果然,倪李二人回去吃下药后,病第二天就好了。

名医李时珍医术精湛,经验丰富,在这方面也曾有过一个经典案例。有一天,他先后给两个病情相同的病

人开方，待病人走后，他的学生不解地问老师："刚才那两个人都是发烧怕冷，为什么你对那个老人用药轻，而对那个小孩用药量反而重呢？"李时珍笑了笑说："那个老人已是风烛残年，他再三说自己病重难返，回去后必定会喝药汁液，药量轻些反倒合适。而那个小孩年幼无知，刚才看他烦躁啼哭，等到大人喂药时想必哭闹不止，能喂进去多少呢，所以药量自然要大些才行。"

成人药量大，小儿药量小，这是常识，反其道行之，似有不妥，但李时珍的做法是建立在丰富的实践经验之上的权变之宜，比那些纸上谈兵的说教靠谱得多。这也是俗话所说的"十个病人十个样"，千万不能一概而论，千人一方。

大家都知道风流才子唐伯虎的诗画了得，可能不少人不了解他还是半个郎中。有一天，唐伯虎应邀到好友祝允明家饮酒，听到后院小儿哭声不止，遂问祝小儿为何这般啼哭。祝允明长叹一声说："三天前，小儿腹胀如鼓，小便不利，连请几位郎中诊治均未见好。"唐伯虎稍作沉吟说他有良方可对症下药。说罢，取过笔，唰唰开好了药方，并叮嘱尽快找来此物，最好选3个大的，用臼捣碎，然后敷在小儿肚脐处，不几天就会痊愈。祝允明接过药方，只见上面题着一首诗谜：

尖顶宝塔五六层，和尚出门漫步行。

一把圆扇半遮面，听见人来闭门迎。

祝允明看后微微一笑，提笔在诗的下角注上两字：田螺。叫家人按方置办。果然，不到两天，小儿便饮食如常，康复如初。原来，田螺不仅味道鲜美，营养丰富，而且可以治疗小儿鼓胀、痔疮、小便不畅等多种疾病。

东晋学者张湛曾说："夫经方之难精，由来尚矣。"这是因为疾病有的内在病因相同而外在症状不同，有的内在病因不同而外在症状相同。古时候没有B超、磁共振啥的，五脏六腑是充盈还是虚损，血脉营卫之气是畅通还是阻塞，单凭眼睛很难看得准，就是加上诊脉，寸关尺三部脉象有浮沉弦紧的不同，腧穴气血的流通输注，有高低浅深的差别，肌肤有厚薄、筋骨有强壮柔弱的区分等。所以，只有用心精细的人，才能体察入微；只有经验丰富，才能对症下药。

可自古至今有些自以为是的人，念了几年医学，翻了几本医书，囫囵吞枣，不求甚解，就夸口没有什么治不了的病，等到真干了三五年，才知道天下没有现成的方子可以用。所以学医的人一定要广泛深入地探究医学原理，不能道听途说，一知半解，必须专心勤奋不懈怠，多摸索，多总结，不然害人害己。

清代有位著名医家叫程钟龄,临床经验丰富,别人久治不愈的疾病,经他治疗常能奇迹康复,名噪康熙、雍正年间。有一富翁,身患足痿,必手持重物方可缓慢移步,服过许多药皆无效果。他久慕程钟龄的大名,让人抬了去求治。程钟龄见他六脉调和,得知病人服药无效,断定这是心病,非药物所能医治,决定施计治疗。他替病人收拾了一间房子,安顿病人住下。

程钟龄预先在病人住的房间里摆上许多古玩,并特意在病人坐凳旁放一瓷瓶。他向病人介绍说:"这是我的古董收藏室,所藏之物皆属珍品。"然后一一告诉病人藏品的价值。最后,他指着瓷瓶说:"这是我的传世之宝,十分稀罕,千金难求。"事实上,包括瓷瓶在内的所有东西都是赝品,只是病人是外行,被蒙在鼓里罢了。

病人在屋里闷了两天,见程钟龄既不开处方,也不嘘寒问暖,甚至回避见他,闷得心慌。第三天,他决定出去走走。因离开拐杖难以迈步,他只好就近抱着瓷瓶小心翼翼地起步。其时程钟龄就在外边悄悄等着,待病人举步欲走时,程钟龄突然出现,猛喝道:"你好大胆!竟敢偷我家的宝瓶!"病人一惊,手一软,"当"的一声,瓷瓶从手中滑落到地上,摔得粉碎。这下病人大惊失色,垂手痴立在那里。

程钟龄见病人不靠拐杖已能站立，心里十分高兴，暗想："这病已去几分，应该趁热打铁。"于是，他上前握住病人的手说："别怕，跟我来。"那人竟跟在程钟龄身后走出屋外，他举步平稳，行走如常，多年顽疾，一下子就好了。程钟龄这才告诉病人，他摔碎的东西并非什么稀世珍宝，而是为了解除其心理压力、转移注意力而设的计谋。病人恍然大悟，连声称赞程钟龄的高明医术。

可见，治病救人，关键是找到病因，只要看得准，不用药也照样治好病。学习、工作也是这样：根据学生良莠不齐，因材施教，才能提高成绩；抓住市场痛点，拿出解决方案，才有希望赢得市场。

对此，宋末名臣文天祥曾在诗中说"理身如理国，用药如用兵"。用兵，讲究知己知彼，方能百战不殆；治病救人也是如此，只有切中肯綮，找准病根，对症下药，才能药到病除。将用药与用兵相提并论，真是非常精辟。世上的事儿，"术"虽不同，"道"却是相通的。

悬壶济世

提要： 悬壶济世，救死扶伤，不仅塑造了中医风骨，更是自古以来千千万万济世报国的有志之士的人生理想。

在医院、诊所和药店，人们最常见的几个字估计就是"悬壶济世"了，其用来赞誉医者的追求志向和高超的医术，出自《后汉书·方术列传·费长房》，成语的来源跟一位叫费长房的驻马店人有关。

费长房是一名市场管理员,有天碰见市场上一位卖药的老翁,用一个大葫芦悬挂在杆头招徕生意,傍晚罢市,因费长房对岐黄之术一向有兴趣,便悄悄跟着这位鹤发童颜的老翁。待行至隐蔽处,突然,老翁将葫芦放到地上,纵深一跳到葫芦里去了,大家都没发现,只有躲在后边的费长房瞅见了。这个费长房知道自己遇见高人了,麻溜准备了酒食过来,比后来"程门立雪"的杨时还虔诚,要拜师学艺。老翁眼看这个小费心挺诚,就说你明儿再来吧。第二天,长房掂着礼品又来拜师,老翁便带着长房一起跳入葫芦中,嚯,那场景就像孙悟空到了天宫,眼见玉堂华丽,美酒佳肴应有尽有,两人海吃痛饮而归。

随后，老先生告诉长房自己是个神仙，因为犯点小错误被贬斥到凡间，要想跟着他混等会儿就跟他走。"长房遂欲求道，随从入深山，翁抚之曰子可教也，遂可医疗众疾。"

很显然，这是个很套路的传说。类似记载，还散见于东晋葛洪的《神仙传》及一些古史杂说等，大概说的都是汉代某年某天，河南一带闹瘟疫，死了许多人，无法医治。有一天，一个神奇的老人来到这里，开了一个小中药铺，门前挂了一个药葫芦，里面盛了药丸，专治这种瘟疫。汝南（治今平舆北）人费长房得以与老翁结缘并跟其学医悟道，壶翁尽授其"悬壶济世"之术。

中国历史上，这类的故事不少，大多是将真人真事儿添枝加叶，附会些玄虚的桥段传播出去，以求最佳广告效应。这个费同志看来也是个文案高手，这故事编派得远比国酒茅台更玄幻美丽，其影响也更深远。以至于直到今天，人们仍爱将行医称为悬壶，医生或诊所的贺词也大都是悬壶济世，而悬挂的那个葫芦更成了中医的标志。生活中，我们也常用"你葫芦里到底装的什么药"来诘问别人，其渊源也在于此。

葫芦在古代称作"壶"，《诗经·七月》中"八月断壶"，特指的就是盛药的葫芦，即"药葫芦"。药葫芦既是盛

药的工具，又是行医、卖药的招幌；一则向世人表明"悬壶济世"的宏愿，二则取葫芦之经济实用，相比铁盒、陶罐、木箱等，其具有很强的密封性能，潮气不易进入，容易保持药物的干燥，古时候的行医者无论走到哪里身上都背着葫芦。而且，葫芦本身也可入药，能医治很多疾病。小小葫芦，凝聚着一代代医者的仁心，寄托着中华医术的精魂，传承着我们与大自然和谐相处的民族智慧。

　　以医技普度众生的孙思邈采药行医时就必挂一个药葫芦，像电视剧里的济公一样，但他的人生故事却远比前辈济公更励志，更值得我们敬仰。从18岁开始，孙思邈就四方行医治病，并精通道家典籍。孙思邈不愿在朝为官，隐居在太白山中数十年。他一方面研究医学著作，一方面学习神农尝百草的精神四处采集草药，研究新医药学，几年之后，医学达到了瓶颈期，孙思邈就下山行医，顺便研究民间的一些土方子，在实践当中，他用毕生所学写成了两部传世的大作。他觉得"人命至重，有贵千金，一方济之，德逾于此"，故将自己的两部著作均冠以"千金"二字，名《千金要方》和《千金翼方》。他汲取《黄帝内经》关于脏腑的学说，在《千金要方》中第一次完整地提出了以脏腑寒热虚实为中心的杂病分类辨治法；在整理和研究张仲景《伤寒杂病论》后，将伤寒归为十二论，伤寒禁忌十五条，为后世研究《伤寒杂病论》提供了可循的门径，尤其对广义伤寒增加了更具体的内容。他还创立了从方、证、治三方面研究《伤寒杂病论》的方法，开后世以方类证的先河。

医道者，以济世为良，以愈疾为善。医者，笃于情，一心赴救，视人犹己。这方面，药王孙思邈是标杆，清代名医"黄药师"黄元御亦堪称杏林楷模。黄元御出身于世代簪缨的书香门第，自幼深受家学影响。少年时代，学习举业制艺，遍览经史著作，家人希望他能够登科入仕，光耀门楣。黄元御也"常欲奋志青云，以功名高天下"，效其先祖作出轰轰烈烈的功业。怎奈，天有不测风云，人有旦夕祸福，三十岁时因用功过勤，突患眼疾，左目红涩，白睛如血，不得已延医就诊。而庸医误用大黄、黄连等寒泄之药，致脾阳大亏，使其数年之内屡犯中虚，最后左眼完全失明。科举时代，五官不正，不准入仕，黄元御的仕进之路就此被断送。哀痛之余，他发愤立志，"生不为名相济世，亦当为名医济人"，走上了弃儒从医的道路，一边苦读历代中医典籍，一边跟着名医学方，数年奋斗，终于有成，开始悬壶济世。在行医过程中他又不断总结经验，以求精进，后来医名大盛，老百姓将其与当时的诸城名医臧枚吉并称"南臧北黄"。

乾隆十五年，黄元御到北京游历，适逢乾隆帝得了怪病，一帮太医束手无策，经举荐，黄元御入宫视疾，药到病除，得到了乾隆帝的特别赏赐和青睐，亲书"妙悟岐黄"以为褒赏，并恩赐御医。黄元御极力阐发《内经》"善言天者，必有验于人"的观点，高度重视阴阳五行学说的运用，并善与四时相联系，从阴阳变化、五行生克、脏腑生成、气血原本以及精神化生等方面阐述气化自然的妙义，影响很大。在太医院的几年中，黄元御过得并不如意，繁庶事务使他没更多的时间著书立说，为荒废了许多宝贵时光而深自惋惜。此后的日子里，他更是惜时如金，全身心地投入著述中去。其实不仅孙思邈、黄元御特别重视著书立说，其他的名医也莫不如此，古人特别看重"立德、立功、立言",以视为人生圆满,缺一则憾。这种传统直到现在也有,只是被很多人玩坏了,成了某些人沽名钓誉、专营投机的不二法门,成了某些期刊社日进斗金、大肆渔利的吸金利器,像孙、黄大医精诚,呕心沥血,以泽被后人的学术精神则成了稀缺品。

乾隆十八年,黄元御49岁,取张仲景著作中的方药加以笺解疏证,著《长沙药解》四卷,载药一百六十一种,方二百四十二首。乾隆十九年又撰成《伤寒说意》十卷。该书以传经入说,辩论分析,多启迪后学门径。同年还撰有《玉楸药解》八卷,他在该书中首创了用浮萍治疗瘟疫的疗法。至此,黄元御已完成医书八部,即后世所称"黄氏八种",时年五十岁。因过度劳神,此时的黄元御已是身疲神怠,几近春丝吐尽,乾隆二十年初春,黄元御又焚膏继晷着手笺释《素问》,至十一月书成,共十三卷,定名为《素问悬解》。乾隆二十一年五月,黄元御完成《灵枢悬解》九卷,同年完成《难经悬解》二卷,此即所谓黄氏医书三种,合前八种,共计十一种。另尚有《玉楸子堂稿》一书,为黄氏医案、杂著。黄元御不但精于医学,道学、经学造诣亦相当深厚,先后著有《道德经解》《周易悬象》等书。乾隆二十二年,黄元御在行医、著述中因过度劳累,身体中虚,渐成重症,抱病回到故里，第二年便溘然长逝，时年仅53岁。乾隆皇帝得知黄元御过世深感痛惜，亲书"仁道药济"四个字缅怀其一生的医术与医德。"仁道药济"意为"行仁道，以药济"，黄氏门生尊其为习医祖训。

悬壶济世，救死扶伤，不仅塑造了中医风骨，更是自古以来千千万万济世报国的有志之士的人生理想，他们就是民族的脊梁。

吐故纳新

提要：不仅人需要吐故纳新，我们的老中医也需要不断地革故鼎新，全盘否定不可取，避而不见其短板和不足亦不可取。

成语吐故纳新出自《庄子·刻意》，原意指人呼吸时，吐出浊气，吸进新鲜空气。现多用来比喻舍弃旧的，吸收新的，不断更新。古人很早就认识到控制呼吸在养生方面的重要作用，认为通过"吹呴呼吸，吐故纳新"的方法控制呼吸，再加上一些形体的锻炼，便可以养生健身，延年益寿，庄子称为"导引之士，养形之人，彭祖寿考者之所好也"。

不仅人需要吐故纳新，我们的老中医也需要不断地革故鼎新，全盘否定不可取，避而不见其短板和不足亦不可取。对老祖宗传下来的诸多药方，通过临床验证，保留有用的，去除、优化不好的。尤其是中药制剂的现代萃取技术一定要解决，以便于病人服用，减轻患者煎药熬药的烦琐不便，从而适应现代的快节奏生产生活。另外，中医的传承要打破以前的门户之见，不能再搞秘传不授的技术封锁，在保证多样化的前提下，走系统化、规范化、发展化的道路。既要讲中医的整体概念的辨证诊治，也要扬弃那些模棱两可、故弄玄虚的空洞调调，学习借鉴西医的循证医学等。总之，既不能一无是处地"黑"，亦不能盲目地不加辨别地照抄照搬。

就连目前在国内居于主流地位的西医，也是在不断变化发展的，也经历过传统的阶段，也曾技术单一，不够完备，甚至有一阵子大行放血疗法，不管啥病，先放血再说。就是在进入中国后，起初也不是一下子就为国人所接受的，也是经历了一番周折的。

事实上，中医也是在一代代杏林前人的不断探索

中发展而来的，甚至在建国初期，中医仍然是主角，当时穿梭在大江南北，乡野田间，为广大群众解除病痛的赤脚医生多为中医。毛主席对中西医持开放的态度，都有肯定和批评，他认为将来发展只有一个医，那就是唯物辩证法作指导下的一个医。他还具体指出，要抽调一二百名优秀的医科大学毕业生交给有名的中医，让他们中西医本领都学一学，努力把中西医界限取消，成为中国统一的医学，以贡献世界。

周恩来总理对中医更是情有独钟，晚年特别倚重中医诊治调养身体，曾与多位著名老中医结下不解之缘，多次组织知名老中医在建国后的瘟疫防治中发挥出色的表现。钱学森也早在20世纪80年代就提出:"我们要搞的中医现代化,是中医的未来化,也就是21世纪我们要实现的一次科学革命,是地地道道的尖端科学。"

有不少人认为中医有很多用科学解释不了的,如经络、五行等,但科学本身也是一步步在发展的,目前的科学解释不了的,也许将来能解释。寻医治病,要的是疗效,只要能治愈,就说明了它的价值和作用。中医是中华民族几千年凝结的智慧,是在与大自然相处并利用自然对抗疾病完善自己的不断实践中沉淀成的,具有独具特色的东方文化,中医里面不仅仅有医,还有道,有哲。不可否认的是西医来到中国,时间并不长,在此之前,中国人难道就没有看过病吗?显然是不可能的。而且,中医还曾为世界人民贡献过智慧。如果是科学观的分歧,那些拥西医"黑"中医者,能用科学解释下《圣经》吗?科学在西方能容得下上帝,为什么科学在中国就容不下中医了呢?

不可否认的是,中药和西医,在病理研究甚至在理论思维上都有不少差异,但这绝不是决定二者水火不容、不能和谐共处协同发展的拦路虎,一门学科尚有不同的学派,一个学派尚有不同的观点,很多时候,保持多样性,不是坏事情,而是好事情,能给人们提供更多的选择,更多组合优化的机会，更多比较取舍的机会。一句话，任何单项的科学和技术都无法跨越所有时间，能解决所有问题。所以，尽信《书》不如无《书》，取其精华去其糟粕，用发展去解决发展中的问题，才是解决问题的正途。

发展是硬道理，但发展有正道，也有邪路，中医的改革发展决不能走了歪路，这在世界上不是没有教训。目前，在国外，对中医药吸收借鉴最多最深的莫过日本和韩国了，在他们国家，中药也即"汉药"比国内还火，实现了大量的出口，带火了中药，让地球村的人都对其趋之若鹜。但他们在发展中医药的道路上也并不是没有问题，走的路也不是什么康庄大道。在2020年的新冠肺炎防控诊治中，就暴露出了问题。

先说日本，日本对中医药并不是一以贯之的。起初中医被引进日本后，取名汉医，或汉方医，旋即成为日本正统医学。但日本太"善于"学习了，18世纪，西医开始进入日本，并逐渐立足，到明治维新时期，日本政府制定引进西洋科学文化的方针，西医成为正统，汉方医空间被一步步压缩。后来，日本通过议会与政令一举废止官设汉方医校，西医从此成为日本唯一正统，不久，汉方医在日本几成历史。乃至于后来，就连我们的鲁迅先生都曾跑过去学习医学，当然学的是日本的西医。

　　1945年日本战败是个分水岭，整个国家面临新的选择，汉方医再次被提到医疗系统建设上来。1972年中日建交，两国文化得到进一步热络交流，日本的汉方医就像迷路的孩子找到了家，迅速占据了日本整个国家医疗体系。但是，关键的地方来了，日本并没有全面学习吸收中医药的精髓，而是弄了个"废医验药"的方案，即放弃中医的医疗思想，只吸收中药治病成果，从此，汉方医被肢解为汉方药。汉方药卖得是挺好的，在日本6万家药店中，经营汉方药的就达到80%以上，可见汉方药已经成为日本民众比较认可的药物。1976年，厚生劳动省正式将汉方药列入医疗保险，把主要的210个有效方剂及140种生药列为医疗用药。甚至，日本在中药六神丸的基础上加入人参、沉香制成的"救心丸"，年出口超过1亿美元，被世界上很多患者称为救命神药。

　　但是，"皮之不存，毛将焉附"，没有"辨证论治、对症下药"的汉方药怎能走远，这种看似聪明的"废医验药"是对中医药完整体系的阉割。所以，到了2020年新春新冠肺炎疫情大暴发，日本自己研制不了对症的中药，在中国给送了2万袋中药汤剂后，一边喝，一边又开始动脑筋学着制作了。韩国做得更绝，除了也玩儿了

一把"废医验药"的改革,还矢口否认从中国引进,非说是自己老祖宗发明传承下来的,已经多少多少年了。

日本、韩国所谓的"废医验药"并不是完整的中医药,是想方设法让中药挤进西药体系里面,也不排除还有其他基于更深层次文化方面的考量。但是没有完整的医疗体系和整体的中医药思想支撑的"汉方药""韩方药",都是无源之水,无本之木。任何药物,都需要放到一个完整的医疗体系和整体思想中才能发挥其最大的作用。

他山之石,可以攻玉。但愿我们的医改,能走得更稳妥、更长远些,可别邯郸学步,误入歧途。

"沉舟侧畔千帆过,病树前头万木春。"相信在经过一番新的改革后,中医,这棵经历过千年风云的老树,一定能再次焕发新的生机,绽放新的花朵,结出更多更香甜的果子。我们谈文化自信,不妨从中医自信开始,因为中医就是中华文化特别有代表性的一部分。

瘟头瘟脑

提要： 瘟头瘟脑，读上去就有一种萎靡不振的感觉，而造成这种感觉的罪魁祸首就是"瘟"字。古今中外，谈"瘟"色变的事情不胜枚举，是中医，让人类逐渐走出了瘟疫肆虐的至暗时代。

"瘟"字，从疒，从昷，意为"热""暖"。"疒"与"昷"组合为字表示"热病"，属于地道的中医术语，热病是指带有体温升高和发烧症状的流行性传染病。瘟是个多义字，除表示疾病外，"瘟"字用在相声、戏曲中时，指表演平淡，效果不好，如这场戏唱瘟了。

中国在很早的时候已开始对瘟疫的关注研究，"瘟瘴"在古代指的就是瘟疫，在《山海经》《左传》等古书中，"疠"病特指的就是瘟疫。尤其到了东汉末年至三国时期，瘟疫横行，对社会的危害特别大，同时也诞生了张仲景、华佗等一大批名医，特别是张仲景对温热病做了精深的研究，在其医书《伤寒杂病论》中对瘟疫病的发生、诊治等都有相当详细的论述，是世界上较早系统研究瘟疫、温热、伤寒病的医学专著，中国也称得上是世界上较早对瘟疫病开展有效治疗的国家。

这一点，从中国古老历法中亦可得到印证。中国的历法里面早就有"瘟疫始于大雪，发于冬至，生于小寒，长于大寒，盛于立春，弱于雨水，衰于惊蛰"的明确记录。中国民谚也有"早春早春，谨防春瘟"的类似表述。阳春三月，春寒料峭，冷暖变化反复，使人免疫力下降。前一年冬眠后开始滋生繁殖的细菌、病毒乘机肆虐，从而导致各种传染性疾病的发生与流行，常见的如流感、麻疹、流脑、结膜炎、腮腺炎等，尤其是老人和小朋友更是容易中招，属于高发人群，特别需要注意预防。

2020年新春，新冠肺炎防治中央指导组专家组成员、中国工程院院士、天津中医药大学校长张伯礼在接受采访时提到，我们中国在几千年的历史长河中，发生过大大小小的瘟疫不下 500 次，记载比较明确、规模比较大的也有 300 余次，告诫大家既不要掉以轻心，也不要惊慌失措。除了服药以外，中医治疗组还组织患者练习太极拳、八段锦，帮助患者康复，打起他们的精神，增强他们的信心。

现在，社会上有一部分人对中医有偏见，认为中医对感冒或传染病等急性病的治疗不如西医，或者认为中医治不了。可事实恰恰相反，像伤寒、温病等那可谓是中医最擅长和拿手的，而且经辨证治疗一般还不会留下后遗症。诺贝尔奖获得者屠呦呦从中国传统医学中寻找

方向，在东晋名医葛洪的《肘后备急方》中"青蒿一握，以水二升渍，绞取汁，尽服之"的启发下找到了灵感，发现了青蒿素。在东南亚、非洲以及南美疟疾仍然肆虐的地方，青蒿素的发现挽救了数以百万计的生命。

两千多年前的医学著作《黄帝内经》就有预防传染病的记载；从汉代起，医书里都把传染病作为重点项目加以关注；东晋葛洪的《肘后备急方》记载了"虏疮（天花）"、"狂犬咬（狂犬病）"等；其后的医书对疟疾、麻疹、白喉、水痘、霍乱、痢疾、肺结核等急性传染病及其辨证治疗办法都有明确记载。除了以药物治疗传染病外，古代中医还总结出隔离检疫、消毒、保持良好的环境和个人卫生、未病先治等经验，应对疫情的蔓延。西汉史料载："民疾疫者，舍空邸第，为置医药。"这意味着当时政府为控制流行病而建立了公立的临时医院，说明中国早在公元2年就已掌握了对传染病采取隔离治疗的措施。

在与传染病的角力中，中医所做的贡献造福全人类，其中尤以"种痘预防传染病"值得一提。中国民间有一句谚语"生子只算生一半，出过天花方完全"，说的就是天花这种病对人的危害之甚。在过去，瘟疫不仅给平民百姓带来灭顶之灾，就是贵为天子的皇帝或皇亲贵胄

也是谈之色变,难以幸免。坊间有传,康熙当年之所以能出线承袭大位,主要原因就是他得过天花,有免疫能力了,才被顺治帝和孝庄太后选中并推到皇位上的。要知道,仅清朝入关前后那几年,死于瘟疫的皇族就不在少数。

天花传入中国后,由于中医很早就有"以毒攻毒"的免疫学指导思想,到宋代时,就有中医郎中采用人痘接种法预防天花,将患上天花病人的疱浆挑取出来,阴干后吹到健康人鼻孔中,接种上天花后就能免于感染。到明清,已有以种痘为业的专职痘医和几十种痘科专著。

清代政府还设立"种痘局",专门给百姓普及种痘,可称得上是全球最早的官方免疫机构。

天花曾经是人类历史上最厉害的烈性传染病之一,给世界人口造成过巨大的威胁。在没有疫苗的年代,儿童死于天花的可能性为三分之一,也就是说每三个孩子里面就会有一个在成年之前死于天花,感染后就是侥幸活下来也会留下后遗症,最明显的症状就是一脸的麻子。欧洲人向清朝重金买下中医防治天花的人痘,如获至宝,"种痘"传入欧洲百年后,欧洲才逐渐摆脱瘟疫的黑暗时代。

相比世界上其他国家,虽然瘟疫在中国出现的次数很多,但若论造成的人口伤亡,西方国家的瘟疫死亡率和死亡人数要远远大于中国,这里面中医作出了巨大贡献。放眼世界,瘟疫给国家和人民造成的创伤更是触目惊心,甚至远超战争造成的伤亡人数。公元2世纪中后期的安东尼大瘟疫曾传遍整个罗马帝国,造成大约五百万人死亡,之后暴发的查士丁尼瘟疫更是造成了罗马帝国一片萧条,直接破灭了查士丁尼重振罗马帝国的雄心。让人谈之色变的黑死病可能是人类历史上最严重的瘟疫,死亡人数估计超过一个亿,欧洲约有50%的人死于非难,这次疫情深深改写了欧洲的历史。欧洲人占

领美洲后,带去的天花、麻疹和鼠疫让当地土著遭受了灭顶之灾,大约90%的土著倒下了。据说一战期间暴发的西班牙流感先后感染了五亿人,造成五千万人死亡。包括近些年以来被人广泛关注的埃博拉、登革热等病毒,都给社会经济的发展和人类健康带来了不小的冲击,引起世界人民的担忧。

近年来,人类的医疗技术日新月异,生活条件的改善和医药技术的不断开发使很多瘟疫受到限制甚至绝迹,但另一方面,瘟疫暴发的危险并没有消退。从某种意义上说,今天的人类更加脆弱,因为随着城市化和全球化进程,越来越多的人居住在人口密集的城市,公共交通工具使人口流动的速度越来越快,使瘟疫有可能在更短的时间内传遍全球。瘟疫不需要签证就可以穿越国境，可以在几天之内，从世界上最贫穷的角落到达最富裕国家的顶级俱乐部。没有哪个国家或民族能够通过筑墙或禁航置身事外、独善其身，没有人能成为一个孤岛。面对病毒的侵袭，人类只有一个选择：守望相助！

不管在战争时期还是和平年代，有一种军备竞赛从来没有停止过：那就是人类和病毒之间的"军备竞赛"。人类不断开发出新的药物，病毒不断地变异迭代，没有人能回答人类还要和病毒战斗多久，也许我们不得不永远与病毒共同生活在这个星球上，乃至倒在病毒进攻下。

一次次的瘟疫提醒我们：人类并不强大，我们要学会与病毒、与大自然、与我们的同类和谐共处，因为战争、饥荒乃至贪婪，都有可能打开封闭在潘多拉魔盒里的病毒，让我们自食其果。希望所有人都能汲取历史的教训，希望悲剧不再上演。

贫病交加

提要： 大诗人杜甫一生穷困潦倒，最终因"粉丝"牛肉款待，难得饕餮一回的他因暴饮暴食致消化不良，不幸辞世。难怪人们常叹：重病难治，但比重病更难治的是穷病。倘若贫困又遇上病痛，那就真的是悲苦至极了。

世界上最难遮掩最难忍受的事情除了喷嚏，估计就是贫穷了。当贫穷从门外进来，爱情便从窗口溜走。贫穷，不但让恩爱夫妻百事哀，还能让亲戚疏远，让朋友远离。倘若贫困又遇上病痛，那更是雪上加霜了。萧伯纳说"贫穷和疾病是世界上两大罪恶",年迈再赶上穷困、疾病,那可就真是晚景凄凉啦,《红楼梦》中就曾有"暮年之人,那禁得贫病交攻,竟渐渐的露出了那下世的光景来"的描写。成语"贫病交攻"和"贫病交侵"、"贫病交迫"都是一个意思,都叫人望而却步。

重病难治,但比重病更难治的是穷病。天下的大夫只管看身上的病,少有治穷病的。不过,机缘巧合,中医医案历史上还真有这么一件医生给人看穷病的逸闻,这位医者就是清朝的名医叶桂(字天士)。一天,叶桂正在药房给病人号脉,忽见一个衣衫破烂的人冒冒失失闯了进来。不等问话,就拱手说:"听说先生是当今的活神仙,能治百病。我有一致命的病症,不知先生能治否?"叶桂说:"只要我能治得好,一定效劳,你有什么病直说无妨。"那人说:"人不欺病,病难欺人。我一无内患,二无外伤,只是太贫穷了,你会治贫吗?"叶桂还没回答,其他来看病的人却火了:"我看你这个人是无理取闹!走遍天下,哪有医生能治贫的?"不料叶桂捋着长须笑道:"贫也算种病嘛,既无佳肴滋补,又频添忧愁伤身,可谓有损元气。不过要治它也不太难。这样吧,我给你一枚橄榄,只许你吃肉,把核留下,种好,到明年自然就不穷了。"众人听了这番话,除了好奇就是纳闷。来人也觉得种橄榄核与治贫风马牛不相及，本当不信，又见叶桂说得诚恳，便拿着一枚橄榄满腹狐疑地回去了。

那人抱着试一试的想法，照叶天士的话办了。第二年，橄榄树就长高了。挺拔的小树上长满了绿叶，就是不开花，不结果。那人又来问："无果树有啥用？"叶桂笑道："到时候了，过几天自有人送钱来。"那人还是不信，悻悻地回家了。没过三天，怪事出现了，买橄榄叶的人后脚跟着前脚地来。那个家伙为此发了笔小财。叶桂让他以这笔钱做个小本买卖，不久便成了小康之家。他十分感激叶桂，抽空带了一份厚礼去向这位神医道谢，并问询

其中奥妙。叶桂婉言谢绝了他的馈赠，把买橄榄叶的秘密告诉了他。原来，叶桂早料到这一季节有传染病流行，配医治此病的药物少不了橄榄叶，所以在开药方时，每方必加几片。俗话说："药不分贵贱，能治病就是好药。"可满城的药肆就是没有这东西，病人只好在叶桂的指点下，到那人的住处买橄榄叶了。这是叶桂讲究医德，乐善好施，对贫苦人的一片心意。

可是生活中哪有那么多叶医生给人治穷病，不要说一介平头百姓，就连很多有名气的大人物，如果落魄了或赶上家境不济，一样坐困愁城，不堪潦倒，甚至还有可能会为此早早丧命。被誉为"诗圣"的杜甫，诗名传天下，可终生不济，没有功名，没有收入，穷苦潦倒，四处漂泊，赶上一场瘟疫，差点丧命，为了保护他，其姑母牺牲了自己的儿子，这让杜甫背负了一生的内疚和不安。但到了晚年，随着时局愈加混乱，杜甫的命运更加悲惨，日子过得寒酸到吃顿肉都不容易，一次"粉丝"送来些牛肉，这位可怜的大诗人竟为此丧了命，因为吃得太饱，腹胀而死，留给诗史无尽的叹息。

唐开元二年，三岁的杜甫被寄养在洛阳的姑母家，姑母对他疼爱有加，让他和自己的儿子相伴成长，衣食无别。可惜，很快一场瘟疫袭来，杜甫与表兄双双染病，

姑母心急如焚，四处寻医问药，有巫医指点，靠房柱东南侧睡觉能痊愈。姑母念及侄子可怜，便将原本睡在房柱东南侧的儿子与杜甫调换。后来，杜甫奇迹般好了，而表哥却不幸死去。成年后的杜甫在《唐故万年县君京兆杜氏墓志》一文中忆及此事，悲泣难抑："甫昔卧病于我诸姑，姑之子又病，间女巫至，曰：'处楹之东南隅者吉。'姑遂易子之地以安我，我是用存，而姑之子卒，后乃知之于走使。甫尝有说于人，客将出涕，感者久之，相与定谥曰义。"

杜甫生活的中唐时期，瘟疫横行，他的不少诗篇里都有记述："衡岳江湖大，蒸池疫疠偏""峡中一卧病，疟疠终冬春""江南瘴疠地，逐客无消息""南方瘴疠地，罹此农事苦"……乾元二年初冬，杜甫流落同谷，生计惨淡。其《同谷七歌》组诗尽写穷愁绝境："岁拾橡栗随狙公，天寒日暮山谷里"，天寒地冻之时，可怜食不果腹；"此时与子空归来，男呻女吟四壁静"，面对妻儿染病，茅屋四壁皆空；"生别展转不相见，胡尘暗天道路长"，兄弟离乱分散，姊妹骨肉难亲；"我生何为在穷谷，中夜起坐万感集"，纵使彻夜难眠，徒自空留浩叹！

杜甫的谢世，更让人太息。据郭沫若晚年的封笔之作《李白与杜甫》一书可知：杜甫死于牛肉和白酒。《新唐书》和《旧唐史》等正史也有类似记载，说是当地县令仰慕大诗人，用小船把杜甫从困境中救了出来，以牛肉白酒招待他，难得饕餮一回的杜甫因暴饮暴食导致消化不良，当晚辞世。

直到今天，贫穷和疾病仍然在困扰着很多家庭，不消说穷人谈病色变，就是中产之家，只消一场大病就可能让一家人一朝返贫。2020年春，受新冠肺炎疫情影响，全国的中小学生无法到校学习，只好通过网络上课，这对家庭条件好的学生来说不是个问题，家里手机、电视、学习机等应有尽有，还不止一个两个，但这可难住了不少家庭困难的学生。

2020年2月29日，河南邓州上初三的14岁女孩李某敏因无钱买手机上网课,激愤冲动之下选择自杀,幸亏被及时发现,经抢救得以活命。这个女孩家庭贫寒,父亲左腿残疾,靠平时在街上给人补鞋来维持生计,而母亲又患有精神疾病,没有劳动能力,还要常年吃药,女孩姊妹仨用一部手机上网课,而就这一部手机还是父亲砸锅卖铁凑钱买的,经济紧张状况可想而知。

无独有偶,同时期,河南洛宁一个上初中的女孩,因为家里没有网络,为了能听到网课,来到村支部蹭网上课。一张瘸腿的书桌,没有台灯,只能靠一盏昏暗的壁灯照明,四周漆黑一片,夜里寒风刺骨,可她学得饶有兴趣,一坐就是两个小时。父亲默默地蹲在一边陪着

女儿，眼神中有欣慰也有心疼。网课结束了，他再陪女儿一起回家。

新冠肺炎疫情还没结束，可是一接到返工的通知，大批农民又提着大包小包上路了。他们不是想挣钱想疯了，也不是不怕死，只是晚去一天，身上的担子就又重一分。

无论到何时，贫穷都不值得歌颂，夸耀贫穷比夸耀富裕更卑鄙。无论贫穷激励过多少人奋发向上，和疾病一样，它都不是人类的朋友，它的滋味穷苦过的人知道，它的滋味病过的人清楚。所以，朋友，忘掉你穷苦的日子吧，不过，可别忘记它给你的教训。

高山流水

提要：俞伯牙和钟子期的故事源于一曲高妙乐音，也成就了一个成语——高山流水。美好的音乐可以陶冶情操，净化心灵，给人以美的享受。但是很多人或许想不到，音乐产生之初与治病有关。

成语"高山流水"也有说"流水高山"，讲的是俞伯牙和钟子期的知音故事，也用以形容乐曲的高雅精妙。美好的音乐可以陶冶情操，净化心灵，给人以美的享受。但是很多人或许想不到，音乐产生之初与治病有关。我们可以从汉字的产生看出一二，药的繁体字"藥"就是从乐的繁体字"樂"衍生而来的。

传说仓颉造"藥"字，是根据黄帝战蚩尤的历史故事演绎而来，中国古代打仗是要擂战鼓的，就像解放军吹冲锋号一样。蚩尤败后，有的士兵被战鼓震昏了。黄帝为了治愈这些士兵，就用金属做了一个像钟一样的东西。这个像钟一样的东西，中间是铜，两边是丝弦，架在木头架子上演奏。按照篆字写法，"藥"这个字中间是个"白"字，白代表金属，五行中金对应白色。两边是丝弦，底下是木，架在木头架子上演奏，为蚩尤士兵招魂慰心。

后来，随着医术的发展，发现草也能治病，并且越来越多的草叶啊、草根啊被用来入药，所以"樂"字上头又加了一个草头，就成了"藥"。所以说，音乐最早的功能，至少其中重要的一项是用来治病。

音乐二字，从字面理解，就是用声音的旋律给予人快乐。音乐给予人的快乐来源于人的善念、正念对美的认识。圣言道，真正的音乐应该"表现美好、表现正、表现纯、表现善、表现光明"，使人性得到提升，因为真正的快乐是升华了的心灵才能感悟到的。因此好的音乐是德音，不在于它表面的体现，不在于它是表现悲哀还是欢乐，最重要的是它的意境表现着美好，这才是真正的音乐，这种音乐才能给予人真正的快乐。

古人制乐就本着陶冶情操、安心宁神、修身养性的目的，"乐而不淫，哀而不伤"，一听就让人进入宁静舒缓、愉悦平和的美好意境。长期欣赏古典音乐可修养身心，进而健康快乐，延年益寿。《黄帝内经》就载有"天有五音，人有五脏；天有六律，人有六腑……此人之与天相应也"；擅长外治法的清代名医吴尚先著《理论骈文》指出："看花解闷，听曲消愁，有胜于服药者矣。"

人的经脉的正常运转是人体生命的循环，五脏六腑影响着经脉的运转，而五脏六腑的变化又是心所控制的，

因此心是经脉运转的根本，是生命循环的根本。所以人保持一个良好心态就极其重要。因而从古老的中医理论中可看出音乐治病就是要调整人的心态，用音乐美的意境让人得到一个良好心态。

　　一首美的音乐能触动人的心弦是因为它来源于人性的美好，来源于心灵的宁静。人性的美是通过心灵的修炼而得到的，是通过去掉私心杂念而得到的，因此创作真正的音乐，就是修炼心灵的过程。所以，古代的清乐和雅乐，都是为了净化人的灵魂，净化人的心灵。这就是为什么古乐听起来都是非常缓慢平和的，它是叫人静下来的。现在有些音乐，粗俗高亢，伴以夸张的肢体动作，年轻人还能"hold住"，老人、病人是受不了的，也无益于身心健康。

中医对疾病的音乐疗法就是根据中国古典音乐中宫、商、角、徵、羽五种音构成的音乐调式与五脏五行的关系来进行治疗。古人认为五音是正音，就像人体的五官，每一个脏腑都和一个音相对应。从五行中，古人研究出一套完整的理论，认为金和肺是相对应的，木和肝相对应，水和肾相对应，火和心相对应，土和脾相对应。这在人们的实践中，也得到了印证，以某个音为主的音乐能够调节其所对应的脏腑病状。五行学说认为五行构成了宇宙中的万事万物，包括人体，人体出现病态，是因为五行失衡；其实声音也是一种物质存在，也是五行所成，不同的正音也是不同的物质所成；因而不同的正音为主的音乐对相对应的脏腑有良效。比如说脾有问题，是因为人体缺少土，应以属土的宫音为主的音乐治疗。

以音乐疗疾即"乐疗"。"乐疗"一词由来已久，在中国古时就已有"乐疗"的思想，如《群经音辨》中所说："乐，治也。"《史记·乐书》云："故音乐者，所以动荡血脉，通流精神，而和正心也。"晋代阮籍在《乐论》中也说："天下无乐，而欲阴阳调和，灾害不生，亦已难矣。

乐者，使人精神平和，衰气不入。"认为音乐是使人精神平和、身体康健的重要保证。埃及的古典著作中就称"音乐是灵魂之药"。

古典音乐不但具有净化灵魂、升华情感的作用，对于校正人的异常行为，也有着药物无法替代的神奇功用，可谓一剂养生疗疾的"良方"。唐宋八大家之一的欧阳修在《书梅圣俞稿后》记有"凡乐，达天地之和而与人气相接，故其疾徐奋动以感于心，欢欣恻怆可以察于声"。他在《国学试策三道》中还说："盖七情不能自节，待乐而节之；至性不能自和，待乐而和之。"

欧阳修曾经历过几个以乐疗疾的医案，并被记录于《欧阳修集》中。其一，"吾尝有幽忧之疾，而闲居不能治也，既而学琴于孙友道滋，受宫音数引，久而乐之，不知疾之在体也。"所谓"幽忧"，即过度忧劳。悠扬的琴韵，竟然在不知不觉之中治好了欧阳修的"幽忧之疾"。其二，"昨因患两手中指拘挛，医者言唯数运动以导其气之滞者，谓唯弹琴为可。"欧阳修因为写诗编史，劳累过度，患了手指拘挛之疾，医生告诉他用弹琴抚弦的疗法，试之果效。其三，欧阳修的朋友杨置，由于屡试不第，抑郁成疾，整日借酒消愁。欧阳修闻后，送给他一张琴，并写了篇热情洋溢的《送杨置序》，告诉他用药物治疗不如以琴曲来寄托情怀和排遣忧思,并以自己的亲身经历宽慰杨置:"欲平其心,以养其疾,于琴亦将有得焉。"规劝杨置闲暇多弹琴,寄托情怀,排遣忧愁。

此外,古代诗文大家在众多历史掌故中,也多有关于音乐疗疾治病的有趣故事。《儒门事亲》医书中就记载了金元时期的医家张从正用音乐治疗"忧而心痛"的病人。明代万全用音乐的方法使"小儿喜睡,二日不能开"而康复。清代张潮曾说:"抚军某患目疾,予授以吹箫而愈。制府某患齿病,予授以吹箫而愈,所治者非一人矣。"

《吕氏春秋·大乐》记载:"音乐之所由来者远矣,生于度量,本与太一……能以一治其身者,免于灾,终

其寿,全其天。"音乐养生在中医中源流久远,和、中、淡、适的中医音乐养生之道可谓中华民族宝贵的医学财富。

音乐用来治病养生由来已久,现在医学领域的研究人员也在做这方面的研究。人对声音的接受能力始于婴儿在母亲肚子里的时候,研究表明,人的五官中最先"开窍"的是耳朵,婴儿可以听到母亲的心跳声、呼吸声和讲话声,所以现在人们对婴儿进行"胎教",其中就包括让孕妇听音乐。在临床上,优美舒缓的音乐可以调解人的情绪,帮助人呼吸,对内脏起调节的作用。听一段音乐,可以放松心情,陶冶情操,鼓舞士气,这也是我们常人都有的体会。

歌,是生命的旗。闲暇时,不妨多听听歌,多欣赏好的音乐,让我们的生命之旗迎风招展,不倒不落。

风声鹤唳

提要："大灾之后必有大疫。"历史上，战争与瘟疫如影随形，是始终笼罩在人类头上的一对黑煞，挥之不去。所以，不仅强敌能让败北者望风披靡，一旦有瘟疫发生，更会让官兵闻风丧胆，风声鹤唳。

战争是人类最可怕的发明，它对人类文明的戕害是惨绝人寰的，甚至会使人类自绝于这个星球，目前，美国和俄罗斯所拥有的核弹都足以不止一次地摧毁对方。战争不但会直接给人类造成破坏，还往往会伴有瘟疫的

大流行，造成更大的伤亡和更大的灾难。对此，古人早就有总结："大灾之后必有大疫。"历史上，战争与瘟疫如影随形，是始终笼罩在人类头上的一对黑煞，挥之不去。所以，不仅强敌能让败北者望风披靡，瘟疫的发生，更会让官兵闻风丧胆，风声鹤唳。

一旦战事起，大批官兵长途跋涉，难以适应当地环境气候，饮食卫生难以保障，再加上战场上横尸遍野，掩埋不及，腐烂恶臭，滋生大量病菌，官兵疲惫不堪，有的身受创伤，很容易染上病菌，军营因食宿拥挤成了病菌快速传播的温床。于是，大量的伤亡便难以避免。历史上很多次瘟疫的暴发不但改变了战争的结局，甚至改变了历史的走向。历史上有名的赤壁之战大家都知道，实际上导致曹操败北的主要原因并不是遭到火攻，而是曹操军中发生了瘟疫。《三国志·魏书》中明确记载："（曹）公至赤壁，与备战，不利，于是大疫；吏士多死者，乃引军还，备遂有荆州、江南诸郡。"说明曹军虽在赤壁大战中败绩，但并没有因此一败涂地，而真正迫使曹军败走的原因正是"大疫"。

导致大明王朝灭亡的众多灾难中，最要命的也是始发于1633年的鼠疫，起初在山西横行，后于1641年蔓延到北京周边地区。1643年底，更恐怖的事情发生了，传播力和杀伤力更强的肺鼠疫逐渐取代了腺鼠疫。1644年春，鼠疫在北京达到流行高峰，累计已造成北京百分之三十左右的人口死亡，出现了"人鬼错杂，日暮人不敢行"的人间地狱景象。疫情导致民变，民变造成时局失控，接着烽火四起，北方满族武装乘虚而入，最终取而代之。

中日甲午战争，虽然日军取得了胜利，但日军死伤惨重，而且待这些日本军人班师回国后，又造成了更大的伤亡，原因是什么？瘟疫！1895年，一支约有5000人的日本军队开始澎湖马公登陆战。但在此之前，日本军队中就已经有感染霍乱的士兵。而在这次出发前，并未对这些士兵进行隔离，导致军队中感染霍乱的士兵越来越多。尽管这支军队最终侵占了澎湖，但有1700人染上霍乱，其中1000人死亡。在日军胜利回国后，又将霍乱带回了日本本土，导致日本国内暴发了大规模的霍乱。据统计，在战争初期，日本国内有5.6万人染上霍乱，其中死亡人数为3.9万人。战争后期，由于日本军队回国，国内又有4万余人因感染霍乱而死。

包括后来在第一次世界大战期间暴发的西班牙流感，也在一定程度上改变了战争的结局和走向。1918年暴发的这场流感的名字虽然叫做西班牙流感，但它的源头并不是西班牙。因为在疫情暴发初期西班牙的感染人数多达800万,就连西班牙国王也被感染了,因此被人们叫作西班牙流感。关于这场流感的第一波记录来自美军的军营。流感被传回美国后,仅第一个月美国死亡人数就多达20万。当时的报纸都用"末日瘟疫"来形容这场流感。到了后来医护人员都不敢接触患者,有很多染病者躺在家中无人救治被活活饿死。甚至有些护士都不敢接救助者的电话,生怕病毒会通过电话线路传播过来。这场瘟疫造成的死亡人数实在太多,间接导致了第一次世界大战提前结束,因为参战各国都出现了兵源不足。

战争使人性灭绝,两军对垒,敌对方时常将瘟疫作

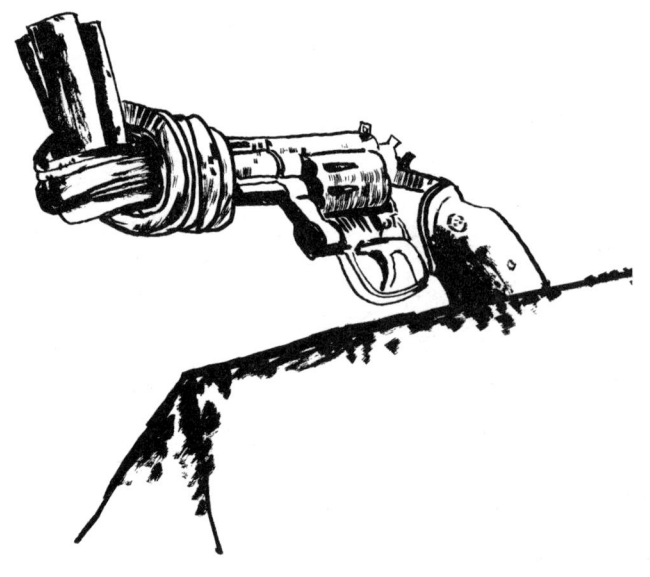

为武器，攻击对方。14世纪，当蒙古大军攻打黑海港口城市卡法时，久攻不下，就把身染瘟疫的大量尸体抛入城中，导致城内兵民大面积感染，不战而降。但是，瘟疫不像枪炮，只要不动它就不会造成伤害，结果城是轻松拿下了，但瘟疫也随着弃城而逃的亚欧商人传到了欧洲，首先从意大利蔓延到西欧，而后蔓延到北欧、波罗的海地区再到俄罗斯，空前的大瘟疫使欧洲丧失了几乎三分之一的人口。

这还不是游牧民族最早使用瘟疫作为武器的黑历史，早在西汉时期，他们就这么干过，据史料记载，名将霍去病的英年暴病而死，就与此有关。霍去病善于进行长途奔袭骑兵作战，积极贯彻执行了汉武帝"大迂回和大穿插"的战略思路，利用"闪电战"多次有效击退匈奴的进攻并且主动出击，彻底扭转了西汉初期对于匈奴的战略守势。但是，长途奔袭最大的隐患就是没有供给，没有后勤保障，完全都是取食于敌，即取即食，在敌后依靠抢夺匈奴的牛羊马匹和粮草水源来完成给养。于是，匈奴人使出毒计，把得瘟疫而死的牛羊和马匹故意丢到水源中，将水源彻底污染，不明就里的霍去病军团饮用了这些水源而感染瘟疫，身为骠骑将军的霍去病亦未能幸免，卒死，年仅23岁。后来，在宋代的时候，行军打仗，已有郎中入武司军，除负责为官兵疗伤治病，也常备药物防范军中瘟疫的发生。

以病毒为武器的作战方法，英国殖民者在征服北美洲时也曾使用得得心应手，1763年，英国殖民主义者企图侵占加拿大，但遭到土著印地安人的顽强抵抗。一个英军上尉根据他们驻北美总司令杰弗里·阿默斯特的命令，伪装友好，以天花病人用过的被子和手帕作为礼物赠送给印地安人首领，以示安抚，结果在印地安人中引起天花大流行而丧失战斗力，使英国侵略者不战而胜。由于细菌武器如此"神威"，因而备受侵略者的"偏爱"。他们不惜代价，不择手段地从事细菌武器的研究。

一战中，德军最早进行生物武器研制，制造了一批生物武器。德军间谍携带生物战剂秘密赶到英、法联军的骡马集中地，在骡马饲料中撒入生物武器——马鼻疽杆菌，使几千匹骡马得病而死，影响了英、法联军的军事活动。德军开创了生物战先例。一战后，英国建立了生化武器研究基地，拟订了生物战计划。二战后英国加快了生化武器研制，设计、制造了一种生物炸弹，并秘密地进行了试验。英国原计划让重型轰炸机携带生物炸弹，对德国大城市进行生物炸弹袭击。幸亏盟军反攻顺利，德国大城市一个个落入盟军之手，才避免了一场生化武器大屠杀灾难。在日本发动的侵华战争中，日本侵略者在中国战场上实施细菌战，对中国人民犯下滔天罪行。

朝鲜战争中，美军的"毒虫部队"来到朝鲜战场。朝鲜战争的首次细菌战发生于 1950 年 12 月，为掩护美军撤退，"毒虫部队"在平壤、江原道、黄海道等地区撒播了天花病毒。从 1952 年起，美军加大细菌战力度。同年 1 月 28 日，美军战机在中、朝阵地后方，撒播带有传染病细菌的毒虫。其后，美军又在铁原地区、平康地区、北汉江地区撒播大量苍蝇、蚊子、跳蚤、蜘蛛、蚱蜢等带有传染病细菌的昆虫，毒害中、朝军民。美军不仅在朝鲜战场上进行细菌战，还借助战机一再侵犯中国领空，

侵入中国东北丹东、抚顺、凤城等地区撒播带细菌的昆虫，毒害中国人民。幸亏当地军民及时采取措施，未造成灾难。

美军在朝鲜战场及我国东北地区使用的细菌战剂有16种，能传染多种传染病。美军进行的细菌战中大量使用生物炸弹，如四格弹，弹体内有四格，分别装入不同的带菌昆虫。美军进行细菌战引起中朝人民及世界上所有爱好和平的各国人民的愤慨，纷纷举行游行、集会，声讨美军细菌战罪行，细菌和细菌战成了过街老鼠，人人喊打。

历史给人的教训是人们从未吸取历史的教训，只要挑起战争的恶念蠢蠢欲动不被消除，战争和瘟疫就不会远离，人类的灾难就没有尽头。

但愿，这只是杞人忧天。

返老还童

提要：要说吧，皇帝当中也有清醒的，有的起初人云亦云，有点好奇心，谁不希望自己长寿呢，难能可贵的是这些人最终能保持清醒，比如一代天骄成吉思汗。

成语"返老还童"原指老年人又回到了儿童时代，现形容老年人恢复了青春与活力，精力异常旺盛，意思是生命长青，不老不朽，永远像初生的孩童一样朝气蓬勃，充满生机。其出自《云笈七签》："日服千咽，不足为多，

返老还童，渐从此矣。"讲的是西汉淮南王刘安渴求长生的防老之术。刘安是汉文帝弟淮南厉王刘长的长子，后袭父封为淮南王，此人博学多才，精明强干，兴趣广泛，爱好发明，经常玩热气球观光旅游。其组织门客编撰的《淮南子》影响深远。

搞发明，玩文学，只是这位皇弟的小 Case（事例），他最感兴趣的是修仙炼丹，长生久视。刘安老是忙活着修炼能返老还童的灵丹妙药，一不小心还炼出了豆腐，成了豆腐的发明创造专利享有人。有一天，忽然有八位老汉求见，说是他们有却老法术，并愿把长生不老之药献给淮南王。刘安一听，大喜过望，急忙开门迎见，但一见那八个老翁，却不禁哑然失笑。原来八个老汉个个儿白发银须，虽然精神矍铄，但毕竟是老了呀！哪会有什么防老之术呢？"你们自己都老成那样了，我又怎么可以相信你们有防老之法术呢？这分明是骗人！"说罢，叫守门人把他们撵走了。

到底是一家人，和刘安一样，其皇侄刘彻对长生不老之术也是相当执着，甚至比乃叔有过之而无不及，因为他更放不下自己的荣华富贵。他宠信李少君等术士，求炼不老丹药，结果身体越吃越糟糕。尤其从赵国引进的术士江充来到身边后，更是将汉室搅了个底朝天，江充恃宠而骄,因为与太子刘据有隙,竟然用巫蛊之术栽赃陷害,逼得太子和皇后卫子夫自杀身亡,这就是历史上有名的"巫蛊之案"。一场朝野的巨大风暴,让汉武帝终于明白:世上非但没有长生药,还没有后悔药。

还有一位皇帝,年纪轻轻,却犯神经迷恋上了长生术,他就是愚蠢的晋哀帝。晋哀帝21岁承袭大宝,不干正经事儿,天天跟一帮道士混在一起炼丹药,练断谷长生法。效果很明显,显效也挺快,4年后,一命呜呼,死因很简单:中毒。成了实至名归的哀帝,实在很悲哀。北魏开国皇帝拓跋珪原本是一位大牛,16岁就建立北魏帝国,

并励精图治,他南征北战,平疆拓边,肃正朝纲,留下了不世功业。

去过云冈石窟景区旅游的朋友都知道,其中,第20窟就是拓跋珪的造像。遗憾的是,而立之年后,他却迷上了丹药,梦想返老还童,永世不老。于是开始长期服用一种剧毒的寒食散,在药物的急火攻心下,拓跋珪很快精神失常,"或数日不食,或达旦不寝"。整天猜忌多疑,常因想起昔日的些许不满,就要诛杀大臣,以至于"死者皆陈尸天安殿前",大臣们大都惶恐度日。甚至连他的亲兄弟也不放过,经常做势要杀要罚地恐吓。随着他的身心每况愈下,其子清河王拓跋绍瞅准机会发动宫廷

水能载舟
亦能覆舟

政变，将其斩杀帐中，其时还不到40岁。

下面这位痴迷长生仙丹的帝王名气更大，聪明一世，却糊涂一时，因贪服仙丹丧命却为避讳不录正史。他就是睿智英武、文治武功甲天下的大唐皇帝李世民，唐太宗李世民在中国历史上名气太大了，几乎家喻户晓，上没上过学的都知道他。任人唯贤，广纳良言，创下的大唐盛世成了中国两千多年封建文明的一座高峰。尤其他那句"水能载舟，亦能覆舟"的名言知名度老高了。然而，就是这样一位帝王，晚年也会犯错，也迷上了丹药，也不再听纳容谏了："朕就是这么任性！"

他不但自己吃，还拿来分给立功受奖的臣子吃，谓之"爱卿进药石之言，故以药石相报"。历史总是惊人地相似，骗子的套路也大抵相同。给他制造长生丹药的也是外地来的方士，一个天竺国的奇人，大抵就是我国西边隔壁那个擅长瑜伽国家的人，叫"那逻迩娑婆寐"。就是这么一个被抓来的方士，却把千古一帝唐太宗玩得五迷三道的。那逻迩娑婆寐同志当初被唐朝出使印度的使节王玄策抓到后，只说了一句话就引起了王玄策的重视：我有长生不老之术。呵呵，连台词都跟上面几位术士差不多，古今中外，骗子用的教材估计都是一个老师编的。

王玄策一听先是一怔，随即马上给方士松绑，向他讨教长生不老之术，并表示可以将其推荐给大老板，如果老大高兴了，"苟富贵，勿相忘"。果然，唐太宗一听汇报就来了神，马上宣见这名异国方士，外来的和尚会念经嘛。面试的时候，那逻迩娑婆寐同志第一句自我介绍就把唐太宗雷住了：我今年二百多岁了！半晌，回过神来的唐太宗感叹：朕遇见你真是最美丽的意外，吗事儿别干，专职炼丹！据史书记载：太宗对那逻迩娑婆寐"深加礼敬，馆之于金飙门内，造延年之药"。历时

一年,"天竺仙丹"成功出炉,唐太宗终于吃上了减寿的灵药。很快中毒,并随之"暴亡",享年51岁。也正是死得太荒唐太离奇,史官在记载唐太宗死因时都讳莫如深,唯恐惹祸。其实,大家早就知道,异国方士是骗子,可是,唐太宗在世时,任是谁都不敢说一个不字。权力,才是真正的丹药。

要说吧,皇帝当中也有清醒的,有的起初人云亦云,有点好奇心,谁不希望自己长寿呢,难能可贵的是这些人最终能保持清醒,大漠雄主成吉思汗就是这样一位少有的迷途知返的君王,正是接受了一代宗师太极真人的直言相劝,才没有吃什么能长生不老的鬼丹药。道士,也有清流。

尽管"一代天骄"成吉思汗是世界帝王朋友圈里都能排前几名的人物,在马背上征服了整个世界的风云人物,在生老病死的自然规律面前依然束手无策。戎马一生,积劳成疾,逐渐体会到了啥叫岁月不饶人。正因为如此,在听臣下说起山东莱州有一得道高人,已经三百余岁,有"保养长生之秘术"的时候,他心动了。尽管当时正在西征途中,还是派遣使臣带上自己的诏书火速前往延请。

这位得道高人就是道教史上极有名的"长春子"丘

处机,是当时的全真教领袖。成吉思汗来请他这一年,丘处机刚过古稀,所谓三百余岁不过是世人以讹传讹的神化,也跟他的道学和声望有关,不管是大金国君主,还是南宋的皇帝,都多次派人来请他传授过养生之道。在蒙古使臣的护送下,丘处机带着18名弟子,一路向西,翻山越岭,长途跋涉,历经一年多,终于在今天阿富汗境内的大雪山行营见到了成吉思汗。简单寒暄后,成吉思汗直言相问:"真人远来,有什么长生之药赠给我吗?"丘处机坦诚相告:"有卫生之道,无长生之药。"世界上没有长生药,但是有些保养身体的法子。问题就是这么个问题，情况就这么个情况。成吉思汗果然气度非凡，不但没有怪罪，反而对丘处机的坦诚颇为欣赏，他不但向丘处机学习了养生之道，还特意为丘处机赐号"神仙"。历史上被传为神仙的人可谓不少，但经过君主钦赐、朝廷认可的除了丘处机不知道还有谁。真的"神仙"，不卖假药。

  为了表示敬重之心，成吉思汗奉行斋戒，并特意设立道坛，认真听，仔细记，后被编为《玄风庆会录》一书。从记录来看，丘处机所谈论的养生之道内容颇为繁复，包括道、精气神、中和等，但核心思想不外乎"清心寡欲"四个字。这四个字写来简单，行之不易，但却有益身心，"多欲虚妄，清静多寿"，让我们都和成吉思汗一道"勤而行之"吧。这个，可以有。

不龟手药

提要： 同样的东西用在不同的地方,其效果大不一样。正如世上没有完全相同的树叶,也没有完全一样的人生,关键在于你的态度。挖空心思找秘方延年益寿可能适得其反,安之若素,简衣朴食,却往往能健康长寿。

　　成语"不龟手药"原指使手不冻的药,比喻微才薄技。《陆游诗集·卷二十二·寓叹》:"人生各自有穷通,世事宁论拙与工。裹马革心空许国,不龟手药却成功。早朝玉勒千门雪,夜坐蓬窗万壑风。借得奇书且勤读,小儿能续地炉红。"世上没有完全相同的两片树叶，也没有完全一样的人生，求财求名求长生，都是如此，挖空心思找秘方延年益寿可能适得其反，相反地，恬淡自然，安之若素，简衣朴食，却往往能健康长寿。

可很多人抱着"宁可信其有"的思想，觉得"试一下总没有坏处"，总想靠吃补品、信邪教达到养生的目的。其实养生的秘诀很简单：良好的生活习惯和饮食习惯，劳逸结合，不讳疾忌医。但有些人偏觉得走大路"太累"，想走捷径，补品大把吃，没有任何原理的养生妙招瞎胡整，结果就像指望吃仙丹来实现长生的皇帝一样，可悲可笑又可怜。

明代凌濛初的《二刻拍案惊奇》记有这样一个故事：一老翁极好奉道，受到款待的一道人为表答谢，请老翁吃他辛苦觅来的奇物。老翁看到那两样奇物，一为去毛的小犬，一为没有呼吸的小儿，死活不肯吃，最后吃了些白糕充饥。过后道士告诉老翁，如小犬者，乃万年枸杞之根，食之可活千岁；如小儿者，乃万年人参成形，食之可活万岁。而那个"白糕"则是千年茯苓，吃了可保一生无疫，寿过百岁。

这虽然只是一个传奇故事，却透出芸芸众生对长生的执着追求，直至今日，枸杞、人参、茯苓等仍被视为

延年益寿的珍品。这些植物适时适量摄入有滋补的功效，但过于夸大却多是有"走捷径"的想法。养生从本质上说，是对身体的管理，需要长期坚持才能奏效。但有些人既没有好的生活习惯，又没有改正的决心，于是便寄希望于所谓的"大补之物"，更有甚者，为了所谓"养生"，搞歪门邪道，最后反送了性命。

历史上有名的长寿皇帝康熙就是个明白人，尽管身边拍马屁、献殷勤的很多，呈上来的补品多了去，可他却不听忽悠，坚持正确的养生之道。有一个太医叫孙斯百，在给康熙帝进药时，使用了人参，康熙帝服用后，非常急躁，怒批："孙斯百等各责二十板，永不许行医。"估计孙斯百没有想到职业生涯毁在了自己特别推崇的人参上。对于补品，康熙帝嗤之以鼻，他看到皇八子胤禩经常服用补品，十分不满："凡人之性喜补剂，不知补中有损。"

对于练气功的养生之术，康熙也不大感冒，有人鼓动他练习，他先让太监学习，看看效果，最终也没有接受道士的气功养生法。他不相信有长生不老之术，坚信人的生老病死是自然规律，强求不得。57岁那年，他出现了白头发、白胡须，有人立刻向他进献了乌须方，康熙帝笑着辞退了。他说："自古帝王鬓斑须白者，史书罕载，吾今幸而斑白矣。"对自己的白头发、白胡须，康熙帝不但没有苦恼，反而视为美谈。

当然，对于养生，康熙帝也是有一套的。在饮食习惯方面，比较简单，不喜欢吃大鱼大肉，山珍海味。《清圣祖御制诗文集》中这样记载，"淡泊生津液，清虚乐有余""山翁多耄耋，粗食并园蔬"，说的都是康熙帝喜欢粗茶淡饭的事。在生活习惯上，他有三大养生法宝：一是早睡早起，康熙帝每天睡觉很早，天黑就睡下了，起床也很早，每天大约在寅时(3—5点)就起床了。二是得体穿衣，康熙帝特别重视穿衣服，尤其在冬季，人最容易引发感冒。所以，康熙帝说："朕冬月衣服，宁过于厚，却不用火炉。"他认为，如果穿得很少，走出大殿，

就会感冒，那样会很危险。三是喜欢泡温泉，清朝称之为"坐汤"。康熙帝经常陪着祖母去九华山庄、赤城、遵化等地泡温泉，他认为坐汤，可以养皮肤，愉悦身心，修身养性，是一个很好的生活习惯。

　　长寿的孙思邈也通晓养生之术，并身体力行，估计他的长命百岁也得益于此。他将儒家、道家以及佛家的养生思想与中医学的养生理论相结合，提出的许多切实可行的养生方法，时至今日，还在指导着人们的日常生活。如：心态要保持平衡，不要一味追求名利；饮食应有所节制，不要过于暴饮暴食；气血应注意流通，不要懒惰呆滞不动；生活要起居有常，不要违反自然规律；等等。

具体来讲有十三条：目常运、发常梳、齿常叩、漱玉津、耳常鼓、面常洗、头常摇、腹常揉、撮谷道、膝常扭、足常走、脚常搓。

中医脱胎于道教，中医养生思想也充分体现了道家思想，这方面，道教师祖老聃也有很深的造诣。典籍上记有南荣向其讨教养生之道的文章，老聃说："养生之道，在神静心清。静神心清者，洗内心之污垢也。心中之垢，一为物欲，一为知求。去欲去求，则心中坦然；心中坦然，则动静自然。动静自然，则心中无所牵挂，于是乎当卧则卧，当起则起，当行则行，当止则止，外物不能扰其心。"

南荣听后启发不少，又问："先生一席话，胜我十年修。

老子说
道法自然

如今荣不请教大道，但愿受养生之经。"老聃说："养生之经，要在自然。动不知所向，止不知所为，随物卷曲，随波而流，动而与阳同德，静而与阴同波。其动若水，其静若镜，其应若响，此乃养生之经也。"南荣接着问："此乃完美之境界乎？"老聃："非也，此乃清融己心，入于自然之始也。倘入完美境界，则与禽兽共居于地而不以为卑，与神仙共乐于天而不以为贵；行不标新立异，止不思虑计谋，动不劳心伤神；来而不知所求，往而不知所欲。"南荣又问："如此即至境乎？"老聃说："未也，身立于天地之间，如同枯枝槁木；心居于形体之内，如同焦叶死灰。如此，则赤日炎炎而不觉热，冰雪皑皑而不知寒，剑戟而不能伤，虎豹而不能害。于是乎祸亦不至，福亦不来。祸福皆无，苦乐皆忘也。"

中医的确是和养生有关，而且中医的食疗有其独特之处，讲究食药同源，食补大于药补。这方面，老饕苏东坡广为人知，他不仅是一位顶级吃货，也是一位养生达人，更是千百年来无数人的精神导师。在颠沛流离的宦海生涯中，他通过成为一名美食家和养生达人来表明自己热爱生活，不向命运低头，不向生活妥协的人生态度。市面上不少书介绍有苏轼的养生思想，其主要为"和""安"的养生理论。"和"是平和自然，"安"是顺应规律，具体参见苏轼的《问养生》。

苏东坡尤其在饮食方面善于利用各种食材的不同属性而施行食疗与药疗，取得了延年益寿的效果。安州有位老人喜食蜜，一日苏东坡与数客前去拜访，饭桌上豆腐、面筋、牛乳之类，皆渍蜜食之，其他人不能下箸。唯东坡亦嗜蜜，能与之共饱。东坡几乎每天都要吃些蜂蜜，还经常制作姜蜜汤喝。另外，苏东坡常年服食生姜，也受益匪浅。

但是，医疗和食疗毕竟是不一样的，有了病吃药，平时可以养生食疗，这是两个不同的概念。因为，中医的精华，不仅只是养生，自然也不是食疗可以解决一切问题，有病还是要吃药的，而且就是中医学的食疗，其实也有"取类比象"糟粕的东西存在的。还有，论起来中医学的养生，也不仅只是一个医学范畴的事情，更多的是传统文化中的思想。善于养生的人，也必定是读书多的人。

现在，中医开始热络起来，利用中医养生的人也越来越多，这是好事，但切莫有投机取巧的想法，不要轻信旁门左道。养生，是一辈子的事情，需要持之以恒地去做，没有一劳永逸的捷径。况且，所谓的捷径，就是不走弯路。

安内攘外

提要： 安内攘外这个成语现在多指安定内部，排除外患。殊不知，它的鼻祖却是中医——张仲景说："甘草甘平，有安内攘外之能。"

成语"安内攘外"出自张仲景《伤寒论·太阳病上》："甘草甘平，有安内攘外之能。"其中"攘"为排除的意思，可见该成语原就是从药物甘草的疗效而言，而且把"安内"放在了前面，说明治病救人，用药安身，首先得把体内

的问题解决好。现在中医治疗皮肤病用喝药的方法而不是药膏涂抹患处也是这个"安内攘外"的道理。后来这个成语多指安定内部，排除外患。

当年，孙中山在《上李鸿章书》一文中，也曾引用过这个成语，谓之"安内攘外之大经，富国强兵之远略"。可惜，到了抗战时期，外敌当前，本应"兄弟阋于墙，外御其侮"，蒋介石却大搞"攘外必先安内"，招致国内民怨沸起，四面楚歌，最后以失败而告终，其揽权夺利的鬼心思当然也没得逞。其实，政治上"攘外必先安内"并非蒋介石首创，北宋"半部《论语》治天下"的名相赵普就给其老板宋太宗出过这个主意，他在折子中说："中国既安，群夷自服。是故夫欲攘外者，必先安内。"

历史上，反其道而行之的政治家也有，比较有名的例子是春秋时期的齐国宰相管仲，他主张"尊王攘夷"，尊奉周王为中原之主，枪口一致对外，共同抵御北方游牧民族。后来成为当外族入侵时，结成民族统一战线的同义词。"安内"不是"灭内"，需要的是团结，而非分裂，刀口向内，不但安不了内，还会"祸起萧墙"，这是历史的教训。

搞政治是这样，治病养生亦是如此。我们不得不佩服数千年前就洞悉这一规律的中医大先生们的智慧，主张内外兼修的中医思想体现了中医治法理论的精华，在治疗疾病时，一个高明的医生，首先要懂得在祛除外邪之时，一定要调理身体的内环境。只有体内正气充盈，祛除外面的邪气才能事半功倍。"精神内守，病安从来"也有这个意思。

中医的一大特点就是"整体论"，忌讳"头疼医头，脚疼医脚"，讲究"外病内治""左病右治"，把出现病症的部位放在身体的整体之下全面审视，以找到真正的病根。中医学非常重视人体本身的统一性、完整性及其与自然界的相互关系，认为人体是一个有机的整体，构成人体的各个组成部分在结构上不可分割，在功能上相互协调、互为补充，在病理上则相互影响。整体观念是中国古代唯物论和辩证思想在中医学中的体现，它贯穿于中医学的生理、病理、诊法、辨证和治疗等各个方面。中医学在整体观念指导下，认为人体正常的生理活动一方面依靠各脏腑组织发挥自己的功能作用，另一方面则又要靠脏腑组织之间相辅相成的协同作用和相反相成的制约作用，才能维持其生理上的平衡。每个脏腑都有其各自不同的功能，但又是在整体活动下分工合作、有机配合，这就是人体局部与整体的统一。中医在治疗局部病变时，也往往从整体出发，采取适当的措施。如心开窍于舌，心与小肠相表里，所以可用清心热泻小肠火的方法治疗口舌糜烂。

在认识和分析病理时，中医学也是首先从整体出发，将重点放在局部病变引起的整体病理变化上，并把局部病理变化与整体病理反应统一起来。一般来说，人体某一局部的病理变化，往往与全身的脏腑、气血、阴阳的盛衰有关。由于脏腑、组织和器官在生理、病理上的相互联系和相互影响，所以就决定了在诊治疾病时，可以通过面色、形体、脉象等外在的变化，了解和判断其内在的病变，以作出正确的诊断，从而进行适当的治疗。如"从阴引阳，从阳引阴，以右治左，以左治右""病在上者下取之，病在下者高取之"等，都是在整体观指导下确定的治疗原则。

有个小女孩，一个多月前左眼视力突然严重下降，到医院看病，查不出病因，最后模糊诊断为视神经炎，结果还找不到有效的治疗办法。无奈，家人带着孩子找中医问诊，大夫从中医学经络反射的层面判断，其视力下降的实际病因在腹部肚脐两侧旁开的"搏气点"上。经询问进一步佐证，孩子饮食排便都不正常。在对其面部眼周筋膜和经络进行松解后，大夫给孩子进行了腹部手法调理，一个小时后，孩子的左眼视力便恢复大半。

后来又经过两天的连续诊治，视力基本恢复正常，肠胃功能也有了好转。在现代医学层面，可以说至今都无法解释研究疾病与肠胃功能之间的病理关联，但传统医学却在理论和实践上有着几千年的丰厚积累，小女孩的病例，也印证了外病内治的中医整体论的玄妙之处。

西医的基本原理，是按照解剖结构谈人体的功能，按照"病理解剖"来猜测判断患者的病因，进而找到病灶，并直接对准病灶"开火"，比如放置支架，或者来一个"靶点治疗"，用各种离子水平的化学合成药搞"围剿"，不能或不主张在远离病灶的部位进行治疗以消除体内的病变。但病灶不一定就是病根，通常，中医不是直接去除病灶，是"间接"通过身体正气的作用，治疗疾病，达到健康的目的。有时候是"外病内治"，有时候是"内病外治",也有时候是"内外兼修",不一而足,讲究四两拨千斤,追根溯源,抓住病根子,这也算是中医的独门绝技。

中医可以在体表按摩、在远离病变脏腑的肢体上,针刺、贴膏药、药包熨蒸、涂药,这些都是"内病外治",也就是不需要到里边治疗,是"施治于外,神应于中",可以达到"外治内效"的结果。中医的拔罐疗法,就是典型的"内病外治"。据报道,美国游泳队十分流行拔罐。其中,泳池名将菲尔普斯就是拔罐的发烧友。在里约奥运会上,菲尔普斯刚一亮相,就立刻获得全世界的关注,人们纷纷盯住了他背后、双肩处那明显的拔罐印记。外

我为火罐代言!

国媒体很好奇，中国人打眼一瞧，"嗨，这不就是拔了罐嘛"！

那为啥这帮"歪果仁"迷上了拔罐呢，其实，我们都知道拔罐的主要功能，在于祛除体内的风寒二邪。游泳运动员常年在水下训练，体内湿寒是不可避免的。正因如此，他们会产生类似肌肉酸痛、紧张的症状。这个时候拔罐，对他们来说当然是再"酸爽"不过了。如果说拔罐是"内病外治"，那中医舒筋驻颜术就更是"内病外治"的典范了。

在《华佗神医秘传·卷六·妇科》中记有华佗治斑的医案，也是中医舒筋驻颜术的技术源头。有一次，华佗遇到一位妙龄女子求诊，她年方十八，却满面疙瘩，肤色晦暗，毫无光泽，华佗根据中医理论"外病内治"之道，久治不愈，为此牺牲了不少脑细胞。直到一天，他在途中见一农夫在清理布满杂草的水沟，锄到之处，杂物即除，久滞的流水便顺利而过，这一情景，给了华佗极大的启示："人体筋络不就如同这水沟吗？不就是因为筋结及'杂物'的产生，而阻碍了气血的运行，导致瘀滞、疤痕及痘斑吗？何不'内病外治'，清除'杂物'呢？"于是，他运用一个指头般粗细的动物骨节圆头，在病人脸上依肌肉的纹理做"力道"运动，再配以"油"

润滑滋养，结果不到一个月，该女子病情大为好转，直至康复。

唯物主义辩证法告诉我们，内因和外因是缺一不可的，内因虽然起决定作用，但外因亦不可或缺，少了谁都不行。而且，内因、外因是时刻变化的，有时候内因会转化成外因，外因在一定条件下也会转化成内因。我们必须实事求是，具体问题具体分析。

看病是这样，学习、工作也是如此。

爱，是最好的良药

失眠症又犯了，横竖睡不着，干脆爬起来干点活儿，把这册小书的后记拾掇下，也算是对这半个多月的"战'疫'"画个句号。马齿徒长，除了悲哀地发现时光已经快被小偷顺走完了以外，还收到了被蹉跎的岁月的报复，那就是身体的不适越来越多，失眠便是其中一种。所以，我也快变成了小时候特别讨厌的爱唠叨的老太婆，一天差不多得跟孩子讲三遍"现在不好好学习，将来后悔就晚了"。是的，世上最难买的药就是后悔药了。

这本《读成语 学中医 1》从确定选题，到写完最后一篇，用时三个礼拜，仓促而就，再加上本人学养不深，刀工不逮，内中有诸多不尽人意之处，恳请各位读者朋友海涵和批评指正。本书得以顺利出版，特别感谢河南大学出版社于华龙社长的鼓励支持，感谢薛巧玲主任，主管朱春华老师，责编王丽芳老师、仝一帆老师，美编翟淼淼老师、高枫叶老师等诸位同人不辞辛劳地指导和帮助。我们相约、伴行在一个非常的春天里，携手做了一次充满快乐和激情的创作，这是我度过的最有意义的春天。

我和搭档王银生老师以前素不相识，结缘于抗"疫"，相识于网络，连我自己都觉得有点不可思议的是，到现在我俩也没见过一次面，没通过一次电话，所有的沟通都是通过微信完成的。天各一方，白天，我们各忙各的，晚上开始协作赶工，他画，我写，经常交流到凌晨三四点。书写完了，我俩也没讨论过哪怕一句"如果挣了版税如何分"的话题。这次经历，也让我切实感受到了共识与信任，对合作来说是多么的重要。

通过写这个小册子，我才猛然发现中医对我们的生活，对我们这个民族和国家的文化、哲学乃至思维等的影响有多深，她给予我们的绝不仅仅是曾佑护了我们这个民族几千年的生命和健康，我们的骨子里、我们的血脉里都浸润着挥之不去的中医的药香，甚至，我们的所思所想，所行所言，都有太多太多由中医演化而来的词语和智慧。那些个动辄对中医药嗤之以鼻者，那些个认为中医一无是处者，你真的了解中医吗？如果把无知和偏见当经验，那真的也是一种病，而且这种脑子里的病比身体上的病更难治。

从己亥年除夕夜"新冠肺炎疫情"的消息大面积传播开来，令欢乐的除夕蒙上了一丝紧张开始，不安的气氛逐渐增加，直至压得人喘不过气来，再加上大洋彼岸还有一大团"病毒"阴魂不散，助纣为虐，我相信，这是一个令所有人都感到寒冷和压抑的春节。可是，伟大的民族之所以伟大，就在于她不是自封的，是历史证明的。我们所站立的这块土地，经历过的灾难给了我们面对艰险困苦的"免疫力"，一千多年前，筚路蓝缕的先人凭着一册《伤寒论》尚且能战胜瘟疫，今天，能把火箭送上天的我们还能过不去这道坎吗？所谓否极泰来，待三月花开如海的时候，我们已经基本上将国境线内的瘟神赶走了。而大洋彼岸那些幸灾乐祸的大鼻子，却陷入了空前的灾难，笔挺的西装再也遮盖不住惊慌失措的狼狈，口吐莲花的谎言再也蒙蔽不了事实和真相，傲慢和偏见终将败给历史，败给时间。

这个春天，盛开了无数白色的花，纯洁的花，凌寒绽放的花，飘飘逆行，她们身上那种医者仁心的赤诚是从扁鹊、孙思邈、张仲景们那里代代相传而来的。因为对这片土地的深爱，对这份职业的深爱，爱人及己，不计生死。他们不仅把良药和抚慰送给病人，也把自己所有的爱送给了病人；他们不仅把这份爱送给了同胞，也送给了邻国和远邦的朋友。

  这个世界，解决病痛和创伤的绝不是自私和自大，而是奉献，是爱。

  爱，才是最好的良药。

2020 年 3 月 16 日